O caderno dos sonhos de Hugo Drummond

Romance

CARLOS GERBASE

O caderno dos sonhos de Hugo Drummond

ROMANCE

Diadorim
EDITORA

AGRADEÇO

Pela leitura do texto em sua primeira versão,
a Juremir Machado da Siva, Nelson Nadotti,
Paulo Sergio Rosa Guedes e Luciana Tomasi.

Pelas dicas sobre motos,
a Régis Conte.

Pela preparação dos originais, tão cuidadosa
quanto bem-humorada,
a Julia Dantas e Caroline Joanello, da Baubo (baubo.com.br).

© Carlos Gerbase, 2021

Editores
Denise Nunes
Lívia Araújo
Flávio Ilha

Preparação de texto
Julia Dantas e Caroline Joanello

Projeto gráfico e capa
Studio I

Foto da capa
Carlos Macedo

Revisão
Press Revisão

Grafia atualizada segundo o Acordo Ortográfico da Língua Portuguesa de 1990, que entrou em vigor no Brasil em 2009.

Dados Internacionais de Catalogação na Publicação (CIP) de acordo com ISBD
Vagner Rodolfo da Silva - CRB 8/9410

—

G361c Gerbase, Carlos
O caderno dos sonhos de Hugo Drummond/Carlos Gerbase
Porto Alegre - RS : Diadorim Editora, 2021
136 p.; 14 cm x 21 cm
ISBN 978-65-995463-3-4
1. Literatura brasileira. 2. Romance. I. Título.
CDD 869.89923
CDU 821.134.3(81)-31
2021-3614

—

Índice para catálogo sistemático
1. Literatura brasileira : Romance 869.89923
2. Literatura brasileira : Romance 821.134.3(81)-31

Todos os direitos desta edição reservados à

Diadorim
EDITORA

www.diadorimeditora.com.br

> Não tenho mais meu caderno rosa. (...)
> Eles pediram pra eu escrever pro papi e mami
> explicando como eu escrevi o caderno.
> Então vou explicar.
>
> Hilda Hist
> de *O Caderno Rosa de Lori Lamby*

O caderno dos sonhos de Hugo Drummond

1

Enquanto deixava a rodoviária usando a longa passarela de pedestres sobre o trânsito, que rugia com a desesperança de uma fera enjaulada para sempre, Hugo revisava os desafios da tarefa à sua frente. A pulsação nervosa de uma cidade muito maior que Nova Petrópolis, onde morava, ou Canela, onde nascera e crescera, não o desagradava, mas havia fuligem demais. Além disso, sentia a passarela tremer quando os imensos ônibus articulados passavam no asfalto sujo, poucos metros abaixo de seus pés. Filtrados pelas nuvens sobre as águas do Guaíba, à sua direita, os raios solares do final da tarde até conseguiam dar algum charme dourado aos prédios decrépitos em volta. Todo o charme desapareceu de imediato quando Hugo avistou, dominando uma esquina, a fachada de uma imensa igreja evangélica que parecia bradar: "Tu, que chegas a Porto Alegre, abandona toda a esperança!"

Hugo, entretanto, não se deixou abater. Viera para um promissor encontro com produtores cinematográficos e, embora não pudesse contar com a ajuda de Virgínia, que ficara em Nova Petrópolis devido a uma inesperada enxaqueca, sua autoconfiança estava suficientemente inflada pela boa acolhida de seu primeiro longa-metragem em festivais ao redor do mundo, incluindo uma menção especial do júri na mostra Un Certain Regard, em Cannes. Nada mal para a estreia de um jovem cineasta gaúcho interiorano de trinta e três anos. Além disso, o projeto do seu próximo filme fora recentemente selecionado em edital de alcance nacional, assegurando metade do valor necessário para a continuação da sua carreira. Para conseguir a outra metade, bastava provar, nos próximos dias, que criaria uma obra tão boa quanto a primeira, ou até melhor.

Ele teria a ajuda de imagens e pequenos textos em seu notebook, cuidadosamente editados, que estabeleceriam um roteiro seguro para uma fala de aproximadamente quinze minutos. Demonstrar absoluta fé na solidez da história e alertar para suas boas possibilidades comerciais – graças à sua direção, menos interessada na opinião dos críticos que numa ampla e lucrativa distribuição – eram os pontos essenciais para convencer um coprodutor em potencial. Pelo menos era o que Virgínia mandara ele pensar e dizer.

A maior preocupação era a precariedade do seu inglês. Mesmo depois de tanto esforço nas incontáveis aulas de conversação, sabia que seu sotaque era tão ruim quanto sua gramática. Por isso tentava forçar o cérebro a funcionar em modo gringo – Let's talk about the mood board! – sem muito sucesso. O movimento incessante de veículos e os edifícios decadentes da avenida Mauá, para onde o GPS do celular o conduzira depois do final da passarela, eram pouco inspiradores. Os grafites desbotados no muro do outro lado da avenida lhe pareceram uma tentativa de humanizar uma região que já perdera qualquer possibilidade de ser humana, pois os ônibus, caminhões e automóveis nunca deixariam de reinar por ali.

Quando chegou à Praça da Alfândega, sentiu que a mochila começava a pesar nas costas. Suava um pouco, apesar da temperatura amena. Trouxera algumas camisas, cuecas, meias e um par de mocassins para substituir os tênis nas reuniões (exigência de Virgínia). E o notebook não era dos mais leves. Em compensação, agora a vista era até agradável. Havia pessoas. Havia prédios antigos, exibindo uma desbotada elegância. Na Rua da Praia, logo ali, no outro lado da praça, tinham funcionado vários cinemas, e algumas fachadas ainda guardavam discretos traços arquitetônicos de seus tempos de glória. Estavam todos fechados há décadas, é claro, à espera da demolição, ou tinham sido substituídos por lojas, bancos e um grande supermercado. A biblioteca de Hugo em Nova Petrópolis era limitada, mas incluía, por obra do acaso, um livrinho sobre as salas de rua de Porto Alegre, de modo que foi capaz de imaginar as filas à frente do Imperial, do Guarani, do Cacique e do Scala.

O caderno dos sonhos de Hugo Drummond

Hugo gostava de pensar na imaginação como sua principal qualidade de cineasta, que talvez compensasse sua inexistente formação acadêmica. Nos últimos tempos tentava suprir essa deficiência com cursos rápidos e master classes na internet. Sabia, contudo, que o mundo onírico era a verdadeira base de suas ficções. Desde criança, Hugo tinha sonhos sofisticados, cheios de personagens assustadoras — ou sedutoras, ou, paradoxalmente, as duas coisas ao mesmo tempo — que habitavam tramas elaboradas, com começo, meio e fim. Muitas pessoas sonham assim, mas poucas, como ele, lembram perfeitamente o enredo completo depois de acordar.

Adolescente, Hugo já anotava alguns sonhos no caderno de capa azul, que ocupava o compartimento fechado a zíper de sua mochila. Ele jamais mostrava o caderno. Também não falava a respeito, nem para os poucos amigos de longa data, nem para os jornalistas que o tinham entrevistado recentemente. Nem para Virgínia. Tinha medo de que a magia se quebrasse caso fosse revelada a relação entre seus devaneios noturnos, antigos ou atuais, e as fantasias que vinha escrevendo em ritmo acelerado no notebook. Mesmo sabendo que o ato de escrever era racional e acontecia no córtex cerebral, enquanto os sonhos brotavam de seu inconsciente, que ninguém sabe exatamente onde fica, Hugo não conseguia traçar uma fronteira nítida entre esses dois países da mente humana.

Também não queria ser visto como um artista ingênuo, primitivo, um naïf, e, por isso, em vez de falar de seus sonhos, citava filmes de arte, diretores cult e alguns clássicos da história do cinema, a que assistia escondido, de madrugada, morrendo de sono, para que ninguém desconfiasse de sua ignorância. Dizia adorar Limite, de Mário Peixoto, e geralmente isso era suficiente para demonstrar que estava "por dentro". Também aprendera o significado da palavra surrealismo e era capaz de discorrer sobre a obra de David Lynch. Para que contar seus preciosos sonhos de verdade, quando havia tantos de mentira? Temia perguntas sobre suas influências literárias, que eram bem poucas.

Gostava de gibis de super-heróis e de personagens sombrios. No entanto, tinha um trunfo de literatura "séria" à disposição: lera, com sincero entusiasmo, as Histórias Extraordinárias, de Edgar Allan Poe. Havia sonhado com vários contos e sabia Berenice quase de cor. Não era muito, era um pouco mais que nada; por sorte, quase sempre era o bastante.

As últimas quadras da Rua da Praia foram percorridas depois do pôr do sol. As luminárias públicas acenderam-se de repente, estabelecendo um inusitado contraste entre os rostos das pessoas apressadas, cruzando friamente por ele, e as nuvens de tons quentes, que dominavam a estreita porção do céu ainda visível no horizonte à frente. Ele sabia que seus colegas cineastas chamavam aquele momento de hora mágica, e, ao avistar a silhueta do prédio que um dia se chamara Hotel Majestic, iluminada por um último raio de sol, que conseguira driblar a cortina de prédios erguida desde a orla, pensou que aquele poderia ser um bom cenário para um sonho. Quando Hugo passou sob a arcada do velho edifício, todo pintado de um rosa feminino, sentiu aquela estranha combinação de temor e fascinação que acompanhava seus passeios noturnos desde o tempo em que recebia o beijo da mãe antes de fechar os olhos.

2

Hugo Drummond nunca pensara em tornar-se cineasta antes de conhecer Virgínia Hoffmeister. Filha única de um conceituado médico de Nova Petrópolis, na serra gaúcha, e de uma bacharela em Direito que nunca precisara advogar, pois recebia rendimentos de três imensas fazendas exportadoras de soja na região de Soledade, Virgínia, com sua beleza clássica e a conta bancária dos pais, poderia ter estudado qualquer coisa, em qualquer lugar do mundo, e se casado com qualquer homem ou mulher. Porém, depois de completar o ensino médio, polir por um ano seu alemão colonial, estudar francês e um tantinho de inglês, quando todos esperavam que, aos vinte e um anos, ela rumasse para Heidelberg, Oxford, Sorbonne, ou ao menos para Porto Alegre, casara-se com Hugo, àquela época um pequeno empreendedor de Canela que ganhava a vida instalando sistemas de segurança com câmeras controladas pela internet nas casas recém-construídas dos condomínios das proximidades, cada vez mais comuns, mais cafonas e mais lucrativos.

Hugo e Virgínia encontraram-se quando ambos faziam aulas de conversação em língua inglesa com o professor Jenkins, simpático súdito do Reino Unido que cometera o erro de engravidar uma inocente loirinha gaúcha cortejada no Festival de Glastonbury. Ingrid era filha de um delegado de polícia de Gramado, que viajara para Londres e ameaçara Jenkins de morte (e morte dolorosa!) caso não viesse ao Brasil e se casasse imediatamente. Agora Jenkins tentava juntar grana suficiente para sumir de Gramado sem deixar rastros, usando pedagogicamente seu charmoso sotaque britânico, mas era difícil esconder dinheiro de Ingrid e de seu pai. As aulas aconteciam no minúsculo apartamento do jovem britânico, estrategicamente localizado no mesmo edifício do sogro, e às vezes eram interrompidas pelo choro do bebê. Talvez esse ambiente tão familiar tenha colaborado para a aproximação sentimental de Hugo e Virgínia, mas os vetores decisivos foram o sexo e a violência. Não nesta ordem.

Todas as terças e quintas, pelas onze da manhã, um motorista vestindo impecável camisa social branca e gravata azul, chamado Jeová dos Santos Silva, homem negro da absoluta confiança do Dr. Hoffmeister, levava Virgínia de Nova Petrópolis a Gramado numa caminhonete japonesa. Era um trajeto curto, menos de cinquenta quilômetros, e ao meio-dia e pouco Virgínia já estava almoçando num dos restaurantes da moda de Gramado, seguindo depois para a aula de inglês. Às cinco da tarde, pontualmente, Jeová estacionava a caminhonete em frente ao edifício de Jenkins para iniciar a viagem de volta. Às vezes Jeová era obrigado a manobrar com muito cuidado, pois a motocicleta de Hugo, uma Honda pequena e comum, mas bem conservada, costumava ficar estacionada junto à entrada da garagem. Hugo também tinha um carro, mas este, um Corsa 1.0, era menos charmoso. Para a curta distância entre a sua casa em Canela e o apartamento de Jenkins em Gramado, uns quinze quilômetros, preferia usar a moto, a menos que estivesse chovendo.

Não era o caso naquela quinta-feira no final do outono. Hugo e Virgínia desceram juntos no elevador, conversando sobre verbos irregulares, e, quando chegaram à calçada, puderam acompanhar a confusão desde o seu início. Um Camaro amarelo sem capota, de cujos alto-falantes transbordava um derivado de funk reduzido a uma sequência monótona de sons supergraves dedicados a aumentar a masculinidade do condutor, passou bem perto da caminhonete. O garotão bombado que dirigia o Camaro falou alguma coisa para Jeová, que lia um gibi no banco de motorista. Nem Hugo, nem Virgínia ouviram a frase, mas perceberam a reação imediata de Jeová, que tirou o cinto de segurança e saiu do carro. O Camaro parou no meio da rua, e o garotão desceu, segurando o que parecia ser uma barra de ferro. Sem demonstrar qualquer receio, Jeová aproximou-se do garotão. Quando este levantou a barra de ferro para dar o primeiro golpe, Jeová abaixou-se, contorceu-se e, no que pareceu para Hugo uma formidável manobra de capoeira, atingiu em cheio, com a ponta do sapato de couro preto muito bem engraxado, os testículos do garotão, que desabou no asfalto sem emitir som algum.

Por alguns instantes, pareceu que tudo tinha acabado, e bastaria apertar um botão na central multimídia do Camaro para o filme andar até a cena seguinte, quem sabe menos violenta e com música melhor. Porém, o garotão, embora ainda estivesse se contorcendo com as duas mãos sobre o escroto, conseguiu dizer mais alguma coisa. Jeová ouviu. Depois de refletir por dois ou três segundos, abaixou-se, pegou a barra de ferro no chão e, metodicamente, começou a amassar a lataria do Camaro com golpes poderosos, que se iniciaram no capô e depois seguiram pelas laterais. Quando, já demonstrando algum cansaço, preparava-se para quebrar os faróis, o sogro de Jenkins saiu correndo do edifício com uma pistola na mão. Jeová soltou a barra de ferro e ergueu os braços. O delegado empurrou o motorista contra a caminhonete, realizou uma rápida revista e algemou-o. Na sequência, como se essa fosse a rotina em suas ações, bateu com a coronha da arma na nuca de Jeová. Virgínia gritou. O garotão aproximou-se, ainda meio bambo, e deu um soco nas costas de Jeová. Daria outros, se Hugo não tivesse pulado no meio dos dois e empurrado o garotão, que voltou a desabar no asfalto. Hugo levou voz de prisão e estava prestes a apanhar um pouco, mas Virgínia, com seu irrepreensível porte germânico, convenceu o policial a ouvir "o que realmente tinha acontecido".

Quando todos os envolvidos terminaram seus depoimentos na delegacia, passava das oito da noite. Apesar dos esforços narrativos de Virgínia e Hugo, Jeová permaneceu detido por depredação de patrimônio alheio e passaria a noite numa cela suficientemente confortável. "É uma questão pedagógica", resumiu o delegado. Virgínia, temendo que seu pai suspendesse as aulas de inglês e, um pouco pior, que demitisse Jeová, responsabilizou-se pelo conserto do Camaro e inventou uma ficção complicada com uma pane na caminhonete e a necessidade de pernoitar em Gramado, de modo que voltariam a Nova Petrópolis somente na manhã seguinte. Jeová, apesar de alguma hesitação, corroborou a versão da garota e disse ao patrão ser um pequeno problema elétrico. Mesmo contrariado, o Dr. Hoffmeister indicou o Hotel Serra Azul como o melhor lugar para Virgínia, enquanto Jeová deveria procurar uma pensão nas proximidades.

Hugo ofereceu carona para Virgínia até o hotel em sua moto. Ela aceitou e sugeriu passear um pouco, "para aliviar a tensão". Hugo não tinha capacete extra, mas conseguiu um emprestado com o escrivão da delegacia, a quem conhecia dos encontros de motoqueiros em Picada Café. Foram até Canela. Hugo mostrou para Virgínia as ruínas do Cassino, uma inacabada construção dos anos 1940, perto de sua casa. Virgínia achou o lugar "lúgubre, mas romântico". Começou a chover, e não havia outra saída: foram abrigar-se no modesto chalé de madeira de Hugo. Havia uma garrafa de tinto uruguaio. Como estava frio, Hugo acendeu o fogãozinho a lenha. Foram para o quarto. Virgínia não era virgem em termos anatômicos, mas seus orgasmos canelenses superaram amplamente suas incipientes experiências nova-petropolitanas.

Pelas três da manhã, extenuados e felizes, olharam pela janela. Uma cerração baixa cruzava fantasmagoricamente a rua sem calçamento. "É o Russo", disse Hugo, e percebeu a curiosidade estampada no rosto de Virgínia. Então contou a mítica história do cidadão da Sibéria que viera para Canela e fora assassinado por sua bela noiva brasileira bem perto dali. Hugo ouvira a lenda pela primeira vez da boca de sua mãe, dona Gláucia, quando ele tinha uns dez anos. Assustado, sonhara com o homem transformado em névoa naquela mesma noite. Embora curto, se comparado com alguns enredos bem mais sofisticados que seu inconsciente costumava criar, o pesadelo o marcou profundamente, e a figura do Russo nunca mais se apagou de sua memória.

Casaram-se seis meses depois, com amuos gerais da família Hoffmeister, separação total de bens e domicílio obrigatório do casal em Nova Petrópolis. Nada disso era problema. O Hugo de então era um homem que não ligava muito para dinheiro, e seu pequeno negócio em nada sofreria com a mudança de ares. Queria estar com Virgínia, queria seu corpo e sua alma. E isso ele tinha. Não sabia, contudo, que em breve o Russo também estaria com eles, num primeiro e decisivo passo em direção ao mundo do cinema, que rapidamente os envolveria em sua assombrosa névoa, capaz de simular a madrugada em plena luz do dia.

3

Hugo hesitou por alguns instantes junto à porta de vidro antes de entrar no saguão. Sabia que um encontro entre cineastas e produtores, que conversariam sobre incertos filmes futuros e seus orçamentos, nada tinha a ver com um festival de cinema. Mesmo assim, esperava algum movimento, algum frisson, mesmo que discreto. De pé na larga passagem para pedestres que dividia o prédio em duas alas, cheias de arcadas, terraços, sacadas e colunas, em arranjo arquitetônico idealizado há mais de um século para assinalar, sem sombra de dúvida, que aquele era o hotel mais luxuoso da cidade, Hugo temia ter errado de endereço, ou de data. Tranquilizou-se quando avistou um pequeno cartaz colado no longo e curvilíneo balcão da recepção anunciando o I Encontro Internacional de Produção Audiovisual de Porto Alegre. Tirou a mochila das costas, pendurou-a no ombro, empurrou a porta e entrou.

Foi direto ao balcão, onde uma moça alta, de cabelos loiros num volumoso corte Chanel dos anos 1960, abriu um sorriso simpático para Hugo. Um crachá discreto sobre seu uniforme azul-claro, em estilo tubinho, anunciava que seu nome era Penélope Sylva. Ela parecia uma aeromoça saída de um velho filme B de espionagem, bem ruim, onde faria par romântico com um ator que gostaria de ser Sean Connery, mas não era.

"Boa tarde. Vou participar do encontro de produção", disse Hugo, apontando para o cartaz. "Meu nome é Hugo Drummond."

As sobrancelhas de Penélope subiram alguns milímetros, demonstrando inequívoca admiração, e sua boca abriu um tantinho mais, passando a exibir duas fileiras de dentes perfeitamente alinhados e branquíssimos. Então disse:

"É uma honra recebê-lo, senhor Drummond." A moça abaixou-se, pegou uma pasta em algum compartimento oculto do balcão e entregou-a para Hugo. "Aqui estão as principais informações sobre o encontro e a lista confirmada com os horários e locais de suas reuniões. Estou à sua inteira disposição, a qualquer hora que precisar. Muito bem-vindo!"

Penélope voltou a apanhar alguma coisa sob o balcão. Era uma chave, ligada por uma fina corrente de metal a uma bola dourada com o número 9. A recepcionista estendeu a bola na direção de Hugo.

"Esta é a chave do seu quarto. Fica no terceiro andar."

"Mas...", balbuciou Hugo, confuso, sem pegar a chave, "eu entendi que ficaria hospedado aqui perto." Olhou em volta antes de continuar. "Que eu saiba, isso aqui não é mais um hotel."

"Sim", respondeu Penélope, "a ideia inicial dos promotores do encontro era essa, usar um hotel aqui perto, mas depois resolveram reformar alguns quartos para abrigar os participantes do evento." Fez uma pequena pausa, em que seu rosto inclinou-se levemente na diagonal, como a abrir aspas para a próxima frase. "Não todos. Apenas os mais ilustres. Creio que o senhor vai apreciar o quarto. A reforma foi formidável."

Ainda surpreso, Hugo permanecia olhando para a chave, sem perceber a chegada de duas pessoas que se aproximavam pelas suas costas.

"Pode pegar", ouviu Hugo. Era uma voz masculina. "Formidável talvez seja um exagero. Mas os quartos têm seu charme."

Hugo virou-se. O homem, com uns cinquenta anos e cabelos pintados de acaju, era um pouco mais baixo que Hugo. Usava um conjunto de calça e blazer cinza-escuro, levemente brilhante, uma camisa branca e sapatos bicudos pretos. Onde deveria estar a gravata, o colarinho se abria, mostrando o que parecia ser a cordinha fina de um escapulário. Lembrava um dos gângsters da série Os Sopranos. Ao seu lado, uma mulher alta, de cabelos negros, aparentando uns trinta anos, vestia-se com uma elegância casual — blusa azul-escura sem colarinho e calça preta de um tecido leve — que contrastava vivamente com a breguice do homem. Ela tinha feições difíceis de definir. À primeira vista, remetiam aos rostos femininos que Hugo vira numa reportagem sobre a Tailândia, mas havia mais alguma coisa. Talvez um toque indígena, bem brasileiro, que a tornava diferente de todas as mulheres que Hugo já vira pessoalmente.

"Prazer. Meu nome é Carlos Petersen", disse o homem. "Sou produtor de cinema." Apontou para a mulher. "E esta é a senhorita Irma, minha assistente."

Irma sorriu, de forma bem mais contida que Penélope. Carlos Petersen estendeu a mão, e Hugo apertou-a num gesto automático. Depois, virou-se rapidamente e apanhou a chave na mão da recepcionista. O homem tirou um cartão de visitas do bolso do seu blazer e entregou-o para Hugo, enquanto explicava:

"Sou o sócio-proprietário da Santor Filmes. A empresa é brasileira, mas opero com players de produção e distribuição em vários países. Nossa especialidade é a construção de parcerias internacionais. Por isso eu e Irma estamos aqui. E queremos muito te ajudar no teu próximo filme." Olhou rápido para Irma, e ela emendou:

"Vimos O Russo em Toronto. Eu adorei. Parabéns."

"A Irma fala seis idiomas e tem diplomas em marketing e economia criativa", disse Petersen. "E um senso crítico muito elevado. Quando ela diz que gostou, é porque gostou mesmo."

"Obrigado", disse Hugo, tímido, desviando seu olhar do sujeito. "Acho que agora vou procurar meu quarto."

"Vai ser fácil, amigo", disse Petersen. "É só pegar o elevador até o terceiro andar. Temos um encontro já marcado pra depois de amanhã. Infelizmente, é o último da lista. Eu gostaria muito de conhecer imediatamente alguns detalhes do teu projeto. Adoro conversar sobre filmes." Petersen baixou o tom de voz e aproximou-se mais de Hugo antes de continuar: "E posso te dar algumas dicas sobre os produtores que vão falar contigo. É preciso ter certos cuidados..." Deu um passo para trás e completou, já falando mais alto: "Já sei! Vamos jantar juntos. Conheço um

ótimo restaurante italiano aqui perto. É por minha conta!"
"Obrigado", respondeu Hugo. "Estou bem cansado. Vou pedir um lanche e dormir. Minha primeira reunião é às nove da manhã."
Petersen fez cara de decepcionado.
"Claro, entendo. Vamos ter outras oportunidades." Fez uma pausa e olhou para Irma, como se pedisse licença para continuar. Ela não esboçou reação. "A Irma vai me matar, diz que sou indiscreto, insistente, que falo demais, mas é o meu jeito, não adianta..." Petersen baixou o tom de voz outra vez. "Sabe, também estou com um belo projeto de longa-metragem para apresentar aqui, escrito por um roteirista de Hollywood, com um acordo de coprodução quase assinado com o Canadá. E ainda não temos um diretor. Posso te dar mais alguns detalhes, mas tem que ser num lugar discreto. Esse restaurante seria ideal. A Irma reservou uma mesa no fundo pras nove da noite. Dá tempo de tomar um banho e descansar um pouco... não é, Irma?"
Irma deu um pequeno sorriso para Hugo e assentiu com a cabeça. Mas logo depois olhou para o lado, talvez constrangida com a insistência de Petersen.
"E tem outra coisa, meu amigo", insistiu o produtor. "Tenha pena da Irma! Ela está me aguentando há dois meses sem parar, de festival em festival, de mercado em mercado. Quando nós sentamos pra jantar e olhamos um pro outro, dá um desânimo terrível. Não temos mais assunto. Não temos mais paciência um com o outro. Ela conhece todos os meus ternos, e eu conheço todos os vestidos dela. Te põe no lugar da Irma, uma moça linda e elegante, acompanhando um velho com o cabelo pintado de acaju! É desumano. Ela precisa de gente nova, de gente jovem. Ela adorou teu filme, já me falou de um monte de possibilidades, quer te apresentar uns projetos... Olha, Hugo, vamos comer um espaguete e tomar um bom vinho, nós três? Pelo bem da Irma! Nos encontramos às nove, aqui mesmo? Combinado?"
Dessa vez, quando procurou o rosto de Irma, ela não olhou para o lado. Hugo reparou pela primeira vez nos dois pequenos

brincos de turquesa que adornavam suas orelhas e combinavam admiravelmente com o tom celeste do esmalte das unhas e com os cordões azuis-claros que amarravam as suas botinhas de saltos baixos.

"O Petersen está exagerando", disse ela. "Não conheço ainda o terno que ele comprou hoje de tarde."

E sorriu, sempre olhando para Hugo, que foi obrigado a sorrir também. Petersen percebeu que Hugo estava cedendo e falou para a recepcionista:

"Penélope, minha querida, pode chamar um Uber para as nove? Um Uber Black, que o meu convidado é o astro principal desse encontro e merece tudo do melhor."

"Claro, senhor Petersen. Já vou reservar." E pegou o celular.

Nesse instante, para grande decepção de Petersen, a sombra de uma dúvida percorreu o rosto de Hugo. Ele, então, colocou a mochila nas costas, apertou os lábios e disse:

"Obrigado. Obrigado mesmo! Quem sabe amanhã. Boa noite."

E, antes que Petersen jogasse sua insinuante rede verbal mais uma vez, Hugo deu as costas para ele e caminhou na direção do elevador, já parado no térreo. Enquanto subia até o terceiro andar, Hugo ainda ouvia o eco da voz de Virgínia, em sua mente desde que seu olhar abandonou as botinhas de Irma: "Não faz bobagem, Hugo! Não fala com desconhecidos fora das reuniões marcadas. Aquilo deve ser um ninho de cobras. Todo cuidado é pouco. Lembra que o teu filme ganhou prêmio em Cannes, mas tu continua sendo de Canela."

O caderno dos sonhos de Hugo Drummond

4

Os primeiros meses do casamento de Hugo e Virgínia foram ocupados pela decoração da residência do casal, inteiramente a cargo de Virgínia, e pela mudança de endereço da empresa de Hugo. Em Canela, ela ocupava uma pequena sala numa galeria da avenida Júlio de Castilhos, ao lado de um chaveiro. Virgínia proibiu Hugo de manter tão humildes instalações. Para atrair clientes mais endinheirados, precisava demonstrar solidez empresarial. Como ela propôs pagar metade do aluguel durante um ano, prazo do contrato com a imobiliária, Hugo aceitou trabalhar num escritório com duas salas amplas – uma servindo de escritório e a outra como um showroom dos sofisticados equipamentos de vigilância – no quarto andar de um edifício comercial recém-construído. Virgínia tinha razão. Hugo começou a atender casas e condomínios de alto padrão e foi obrigado a contratar mais um funcionário.

Sem maiores afinidades nas lides cotidianas – Hugo não estava interessado na cor do sofá que a esposa pretendia comprar numa loja em Dois Irmãos, enquanto ela jamais colocou os pés no escritório do marido –, a principal atividade conjunta do casal era o sexo. Mesmo que este continuasse em ritmo saudável, não demorou para Virgínia sentir-se entediada. Dois orgasmos caprichados não eram mais suficientes para sua felicidade diária. A vida cultural de Nova Petrópolis oferecia modestíssimas atrações, e Virgínia, ao contrário de Hugo, não gostava de conhecer cachoeiras, abundantes no município.

Para romper a monotonia, decidiu comparecer ao festival de cinema que acontecia em Gramado, no mês de agosto, coisa que nunca fizera na vida. Comprou ingressos para as sessões noturnas de toda a semana. Não foi fácil convencer Hugo a acompanhá-la. Depois de uma negociação rápida, ficou estabelecido que ela ficaria durante toda a semana num hotel pequeno e luxuoso à beira do Lago Negro, enquanto Hugo, depois de domingo, poderia voltar a Nova Petrópolis sempre que o serviço assim exigisse.

O festival começou numa sexta-feira chuvosa. Esperando um ambiente glamouroso, Virgínia compareceu à primeira sessão noturna num vestido longo azul-escuro, bem decotado nas costas (passou frio, mas estava acostumada) e saltos altos. Hugo, a contragosto, colocou seu melhor terno e usou gravata. Eram o casal mais elegante, mas pareciam deslocados no saguão do cinema, ocupado por jovens mal vestidos, adultos com aquele ar de artista de esquerda passando fome e alguns gramadenses da terceira idade que pretendiam estar na moda, mas só conseguiam estar no conhecido território da breguice serrana. Foram salvos por Eliodora, uma amiga de Virgínia, conhecedora do ambiente, que estava corretamente vestida e deu orientações preciosas para as próximas noites. Ao ouvir de Virgínia e Hugo que eles pretendiam assistir aos dois filmes da sessão, Eliodora fez cara de espanto e assegurou que ninguém que ela conhecia fazia tal coisa. Um filme já seria uma demonstração de sincero interesse intelectual. Depois, era uma questão de saber onde seria o jantar mais exclusivo e a festa mais animada. Ela poderia ajudar nas duas coisas.

A noite de sexta, no entanto, foi desanimadora. O filme boliviano contava a história de uma pequena comunidade indígena perdida nos Andes. Bonito. Muito bonito. E com uma belíssima lentidão, tão artística quanto soporífera, pelo menos para Hugo, que pegou no sono depois de dez minutos e foi acordado repetidas vezes pelo cotovelo de Virgínia, que finalmente desistiu e dormiu também. Quando as luzes foram acesas, saíram rapidamente e encontraram Eliodora no saguão, já com as dicas para o jantar e a festa. Do jantar, num restaurante caro e ruim, participaram Eliodora, seu marido e um casal de São Francisco de Paula que estava montando uma empresa de turismo ecológico. Simpáticos, mas pouco estimulantes para Virgínia. Ela estava ali à procura de glamour, e não de lobinhos guarás em processo de extinção. Eliodora, durante a sobremesa, disse que pelo menos dois atores globais compareceriam à festa num clube ao lado do Hotel Serrano, e ela tinha conseguido seis pulseiras para a área VIP.

Virgínia entusiasmou-se. Passou no hotel com Hugo, e os dois trocaram de roupa, seguindo as instruções de Eliodora. Na chegada à festa, tudo parecia perfeito. Na área VIP, o espumante corria solto. O sexteto dançou algumas músicas com razoável animação, misturado a jovens gramadenses, incluindo um antigo cliente de Hugo, que aproveitou para sondar os preços das novas câmeras de segurança controladas por inteligência artificial. No entanto, as horas foram passando, as músicas foram piorando, e nada dos atores globais. Às quatro da manhã, Hugo estava bêbado e exausto. Disse que gostaria de voltar para o hotel, e Virgínia, lançando olhares de profunda decepção para Eliodora, decidiu acompanhar o marido.

No sábado, Virgínia teve que ameaçar Hugo de divórcio se ele não a acompanhasse ao cinema. Era um filme de terror argentino que se passava na Patagônia, com o título de Desierto Sangriento. A sinopse dizia o seguinte: "Jovem casal em lua de mel atropela um guanaco na famosa Rota do Fim do Mundo, no extremo sul da Argentina, o que dá início a uma série de eventos terríveis". Ninguém sabia o que era um guanaco. Por incrível que pareça, o filme era muito bom. Lembrava um thriller americano que Hugo vira de madrugada na tevê, Quadrilha de Sádicos. Virgínia também gostou. Não ficaram para ver o documentário brasileiro. Eliodora, desta vez sem marido e amigos, disse que haveria um jantar da equipe de Desierto Sangriento, na casa de uma conhecida, que era amiga de um coprodutor do filme. Se eles quisessem, poderiam ir. Eliodora não parecia entusiasmada com a programação, e ofereceu como alternativa um encontro privado com uma influencer de Santa Catarina, ex-miss Balneário Camboriú, que buscava patrocinadores para seu novo projeto. Virgínia e Hugo disseram que iriam no jantar.

Eram apenas quinze pessoas. Do filme, estavam presentes um ator argentino coadjuvante, que morria logo no começo da trama, e o tal coprodutor amigo da anfitriã, chamado Jean-Paul Trousseau. Parisiense, charmoso, mas com dificuldades de comunicação com os demais comensais, à exceção da anfitriã, ele simpatizou imediatamente com Virgínia. No começo do jantar, ela exibiu um francês claudicante, de gramática tortuosa, mas tudo foi melhorando à medida que Jean-Paul servia vinho repetidamente no cálice de Virgínia. Hugo, depois de ficar um pouco à parte, e levemente enciumado, usou seu inglês para declarar a Jean-Paul uma grande admiração por Desierto Sangriento e, alegando que havia algumas semelhanças sutis, mas importantes, tentou resumir Quadrilha de Sádicos (ele não sabia o nome do longa-metragem em francês ou inglês). Os olhos de Jean-Paul brilharam quando reconheceu a história de The Hills Have Eyes, ou Le Visage de la Peur, um dos filmes que o fizeram decidir ser produtor de cinema. A amizade triangular que nasceu ali seria decisiva para o futuro de Hugo e Virgínia na arte, nos negócios e na vida.

5

O quarto, conforme Petersen advertira, não era formidável, nem luxuoso, nem tinha atrações sofisticadas na decoração. Não havia um único quadro na parede. Entretanto, tinha algo raro em hotéis modernos: espaço. Uma grande cama, tamanho queen, dominava, imponente, a área central, ladeada por duas mesinhas de cabeceira com abajures de cúpulas de tecido. A cama deixava, mesmo assim, amplos territórios para uma pesada escrivaninha de madeira, que parecia bem antiga, um longo balcão para a tevê e, perto das janelas escuras, guarnecidas com *voil* branco, duas poltronas marrons, que aparentavam ser confortáveis, apesar de levemente desgastadas pelo tempo. O chão, de tacos de madeira em dois tons, exibia um desenho geométrico antiquado, mas elegante. Hugo não desgostou da composição geral e decidiu testar a cama. O colchão revelou ter uma saudável firmeza, e os lençóis, sob uma colcha bege, eram brancos e imaculadamente limpos. Dois travesseiros macios, com um leve odor de malva, tinham a mesma consistência perfeita dos que usava em sua infância, o que lhe trouxe lembranças agradáveis. Hugo sorriu, feliz, pois ele, um rapaz provinciano, que mal conhecia os hotéis de sua terra, sentia ter voltado para os tempos gloriosos do Hotel Majestic, quando este era o melhor da capital.

Usando o telefone sobre uma das mesinhas de cabeceira, Hugo ligou para a recepção e perguntou se podia pedir um lanche. Penélope explicou que não havia restaurante, e que um bar, no último andar do prédio, tinha uma ampla carta de bebidas, mas apenas petiscos leves. Ela, contudo, poderia pedir qualquer refeição por tele-entrega nos diversos restaurantes das proximidades e colocar na conta, sem problema algum. Ela sugeriu um combinado de sushi e sashimi, acompanhado de uma pequena garrafa de saquê, mas Hugo encomendou um xis-burguer com coca-cola. Enquanto esperava, decidiu tomar banho. O chuveiro tinha boa pressão, e Hugo deixou que a água quente lhe massageasse as costas por um longo tempo. Terminado o banho, vestiu um roupão branco, que encontrara no armário do quarto ao guardar suas roupas, e começou a secar o cabelo.

Ouviu batidas leves na porta. Achando que era um motoqueiro trazendo o xis-burguer, abriu a porta, ainda segurando a toalha sobre os cabelos molhados. Irma estava à sua frente, com uma garrafa de vinho na mão. Ela sorriu e disse:

"É um presente de boas-vindas do Petersen."

Hugo não sabia o que fazer com a toalha, nem o que dizer para Irma. Só conseguiu gaguejar um "obrigado", sem estender a mão para pegar o vinho.

"Não vai querer?", perguntou Irma. "Acho que é bom." Sorriu outra vez. "Deve valer a pena."

Hugo estendeu a mão e pegou a garrafa.

"Desculpa", disse ele. "Tô meio abobado. Deve ser o *jet lag* da minha viagem de ônibus de Canela até aqui."

Irma riu. Mas logo Hugo percebeu que não pela piada ruim: o roupão mal amarrado estava se abrindo. Como segurava a garrafa na mão direita, teve que jogar a toalha no chão para impedir o desastre e fechar o roupão com a esquerda. Sentiu-se um idiota. Irma explicou:

"O Petersen tá morrendo de medo que tu aceite a primeira proposta de coprodução que aparecer, antes de ouvir a nossa." Fez uma pequena pausa. "Posso dizer pra ele ficar tranquilo, e que tu vai esperar pela reunião com a Santor Filmes antes de decidir?"

"Pode, claro."

"Que bom! Aproveita o vinho. Boa noite!"

Irma fez menção de dar as costas para Hugo, mas ele, num impulso, disse:

"Não quer entrar?"

Irma deteve seu movimento, ficou bem séria e respondeu: "Pensa que é assim tão fácil?"

O rosto de Hugo, que já estava um pouco corado devido à água quente do banho, num instante ficou escarlate. Tentou achar algo para dizer, sem sucesso. Estava mais que constrangido. Queria se matar. Então Irma riu, desfazendo a cara séria. "Desculpa. Eu não resisti."

E riu mais um pouco.

"Eu que peço desculpas", disse Hugo, na falta de algo mais significativo.

"Até amanhã", disse Irma. E foi embora.

Hugo colocou a garrafa em cima da mesa. Era italiano. Não sabia o que significava a inscrição Brunello di Montalcino. Decidiu pesquisar a qualidade do vinho usando um aplicativo que instalara há pouco no celular, a pedido de Virgínia. Ela dizia que Hugo era o pior comprador de bebidas do universo. Fotografou o rótulo e recebeu o veredito: nota 4,6 (a máxima era 5), com preço médio de quinhentos e doze reais. Nunca comprara um vinho tão caro. Ficou com vontade de experimentar, procurou um abridor nas gavetas do balcão da tevê, mas estavam todas vazias. Desistiu.

Pegou o cartãozinho que Petersen lhe entregara na recepção e deitou na cama. Abriu o notebook, digitou "Carlos Petersen" no Google e recebeu dezenas de respostas. Nenhuma apontava para um produtor cinematográfico. Estranho. Tentou "Santor Filmes". Nada. Tentou "Santor Films". Nada. Pesquisou o significado da palavra "Santor": "Figura, composta de dois objetos, dispostos de maneira que imitam um X ou a cruz de Santo André. [Heráldica] Aspa nos brasões". O que era uma cruz de Santo André? Quem foi Santo André? Conferiu a programação do encontro, que confirmava sua reunião dali a dois dias com Carlos Petersen, da Santor Filmes. Estava com fome, e o xis--burguer não chegava. Para passar o tempo, decidiu fazer uma ligação para Virgínia.

6

Depois da histórica noite em que o canelense Hugo, a nova--petropolitana Virgínia e o parisiense Jean-Paul descobriram, em Gramado, que adoravam igualmente o pouco conhecido filme norte-americano Quadrilha de Sádicos, o trio tornou-se inseparável. Assistiram juntos a mais alguns títulos do festival, mas nenhum deles provocou grande entusiasmo. Jean-Paul subiu ao palco na cerimônia de premiação para receber o prêmio de Melhor Roteiro da Mostra Latina para Desierto Sangriento, em nome do roteirista argentino, e disse, em inglês, que tinha passado uma semana maravilhosa e que fizera "close friends" naqueles dias frios e nebulosos. Hugo e Virgínia adoraram a discreta citação. Era sábado, e Jean-Paul iniciaria sua longa viagem de volta à França na manhã do dia seguinte. Tudo se encaminhava para a inevitável fragmentação da trindade, em momento de tristeza a ser mitigado por uma futura viagem de Virgínia e Hugo até Paris.

Na saída do cinema, já na madrugada de domingo, o nevoeiro pesado, que dava um ar fantasmagórico à caminhada do trio pelas ruas de Gramado rumo ao hotel de Jean-Paul, fez Virgínia lembrar-se da história do Russo. Não foi fácil explicar em francês que o Russo não era como aquele nevoeiro tradicional, onipresente e imóvel. O Russo caminhava. O Russo aparecia de repente, na esquina de uma rua de terra batida num morro de Canela, e esgueirava-se, sorrateiro, rumo a mais uma vingança sobrenatural contra alguma mulher brasileira de má índole que lembrasse, mesmo que vagamente, ao espírito do pobre emigrante siberiano, seu trágico fim: assassinado a machadadas pela esposa, com a ajuda do amante dela, e enterrado na mata fechada, ao pé de uma araucária de quase cem anos, em cova nunca descoberta. A insidiosa mulher depois disse que o Russo havia partido, que a saudade das estepes geladas vencera, e que ele a deixara sem um vintém.

Jean-Paul estava gostando de ouvir. Seus olhos brilhavam. Fazia perguntas em francês para Virgínia, que patinava nas respostas, sem lembrar de pormenores da história (nem podia lembrar, pois não existiam). Hugo teve que assumir a narrativa, desta vez em inglês. Na verdade, ele improvisou bastante. A lenda canelense era pouco mais que uma curta descrição do misterioso emigrante da Sibéria, do crime de que fora vítima em passado incerto e da relação de sua alma atormentada e vingadora com o nevoeiro baixo. O pesadelo provocado pela história, quando Hugo ainda era criança, não ajudava, apenas se resumia a um momento de terror do menino sendo sufocado pela névoa.

Todavia, Hugo tinha algo precioso: seus outros sonhos, catalogados no caderno de capa azul sempre revisto e atualizado, e por isso bem vívidos em sua memória. Confusamente, mas sempre dramaticamente, Hugo incluiu outras mulheres oníricas na história – todas sedutoras, malévolas, traiçoeiras – que envenenavam aos poucos, ou simplesmente jogavam no precipício seus pobres maridos desavisados. O Russo tinha que fazer justiça. E lá vinha ele, na forma de cerração muito baixa, serpenteando pelas ruelas embarradas até achar sua vítima e envolvê-la num sufocante véu de vapor que a asfixiava lenta e inexoravelmente, sem deixar qualquer traço de sua ação, de modo que as mortes eram sempre consideradas "naturais".

Em vez de ir dormir, Jean-Paul reteve seus amigos brasileiros no saguão do hotel, fazendo Hugo contar mais detalhes da história. Finalmente, disse que Hugo precisava colocar tudo no papel, pois ali poderia estar a origem de um filme de terror muito original. Virgínia imediatamente declarou que Hugo faria isso. Hugo protestou, afirmou que não era escritor, nem entendia de cinema. Jean-Paul sugeriu então que ele simplesmente gravasse um áudio, em inglês, pois na França encontraria um roteirista para fazer uma primeira versão cinematográfica, um resumo, que poderia servir como ponto de partida para conseguir dinheiro. Ele não garantia nada, mas estava suficientemente entusiasmado para apostar naquele projeto. Quem sabe uma coprodução franco-brasileira? Estava acostumado com parceiros da América Latina. Enfim, já estava tarde, tinha que ir dormir, a viagem de volta se iniciaria dali a poucas horas. Despediram-se afetuosamente. Quando Jean-Paul subiu as escadas, rumo ao seu quarto, e sumiu de vista, Virgínia disse para Hugo:

"Nós vamos fazer esse filme!"

No dia seguinte, Hugo gravou no celular uma primeira versão em áudio e, temendo ter cometido algum erro vergonhoso demais, levou-a para uma revisão do professor Jenkins na segunda-feira. O pobre exilado inglês gostou muito da história e disse que seria um grande erro enviá-la daquele jeito para um país estrangeiro, ainda mais para a França, terra de notórios vigaristas. Sugeriu que Hugo escrevesse uma sinopse, com sua ajuda, a um custo módico. Uma vez colocada na forma de texto, a história poderia ter a autoria registrada em cartório, de modo a assegurar que ninguém poderia roubá-la. Como sua profissão era exatamente impedir o extravio criminoso de patrimônio alheio, Hugo achou a ideia de Jenkins bastante sensata. Levaram quase uma semana para concluir a tarefa, que ainda contou com vários palpites entusiasmados de Virgínia. Um tabelião de Nova Petrópolis, conhecido do pai de Virgínia, achou uma maneira de registrar o texto de quinze páginas como propriedade intelectual de Hugo Drummond.

Finalmente, enviaram a sinopse via e-mail para Jean-Paul, com uma discreta advertência de que a autoria do texto fora registrada. Esperaram ansiosos alguma reação, que não aconteceu por mais de uma semana. Virgínia insistiu, com novo e-mail. Jean-Paul desta vez respondeu com um "Obrigado, vou examinar assim que possível. Muito cordialmente, Jean-Paul", que fica um pouco melhor no original – "Merci, je vais examiner dans les plus brefs délais. Bien cordialement, Jean-Paul" – mas ainda é decepcionante. Um mês se passou, e nada do francês se manifestar. Numa segunda-feira de primavera, em que a cidade parecia estar particularmente tediosa, apesar de muito florida, Virgínia disse a Hugo que não poderiam esperar para sempre. Fariam o filme com recursos próprios. E já!

Hugo argumentou que o problema não era apenas financeiro. Eles não sabiam como fazer um filme. Virgínia pensou um pouco e teve que concordar. Mas foi à luta. Telefonou para a amiga Maralúcia, que tinha namorado brevemente um guri de Porto Alegre que estudava cinema numa universidade. Maralúcia fez muitos elogios a Cléber. Era inteligente, educado e muito bom no sexo. A relação não evoluíra porque seus gostos musicais e cinematográficos eram incompatíveis. Maralúcia gostava de sertanejo universitário e séries de investigação policial. Cléber gostava de rap e filmes cabeça. De vez em quando ainda se viam, e geralmente era agradável, desde que não conversassem muito. Virgínia pediu o contato de Cléber, garantindo que seu único interesse era profissional.

Hugo e Virgínia encontraram-se com Cléber no pequeno apartamento que ele dividia com a mãe, na zona norte de Porto Alegre. Ao ouvir a proposta de Virgínia, Cléber ficou desconfiado. Fazer um filme de terror na serra estava bem longe de suas aspirações artísticas como cineasta recém-formado (com louvor) em produção audiovisual. Queria fazer dramas de cunho social e político, à moda de Spike Lee e Ken Loach. Então Virgínia revelou que pagaria um salário mensal, por no mínimo seis meses, e ofereceria hospedagem e alimentação durante esse período. Cléber continuava em dúvida. Virgínia aumentou um pouco o salário. A mãe de Cléber, que acompanhava a conversa atentamente da cozinha, de repente entrou na sala e disse:

"Meu filho aceita."

E assim Cléber foi passar um final de semana na casa de Virgínia e Hugo em Nova Petrópolis. Ocupou o quarto que, no futuro, deveria abrigar a descendência do casal. Conversaram sobre filmes e séries de terror, empanturraram-se comendo massa e galeto, tomaram vinho e falaram sobre O Russo. Pouco a pouco, Cléber foi se entusiasmando com o projeto. Assistiram juntos a longas de terror de baixo orçamento, porém bem-sucedidos, como A Bruxa de Blair e Atividade Paranormal. Este último custara quinze mil dólares, o que foi considerado um bom paradigma para o orçamento de O Russo. No domingo à noite, antes de voltar a Porto Alegre, o jovem cineasta Cléber Afrânio Borges estava contratado como consultor do roteiro e assistente de direção, funções explicadas detalhadamente a Virgínia, que ia anotando tudo em seu iPad.

Para que Cléber não se sentisse solitário demais naquela cidade pequena, Maralúcia providenciou uma rápida reaproximação e tornou-se presença constante no hotel de Cléber à noite. Conversavam pouco e transavam muito, de modo a evitar problemas. Cléber constatou que Hugo, embora não conhecesse os termos técnicos, tinha algo precioso: uma criatividade crua, capaz de criar personagens malucas, envolventes e muito visuais. E seus diálogos, sempre bem curtos, tinham uma dramaticidade natural. O roteiro foi crescendo e adquirindo um clima inusitado, pendendo para o gótico, mas com araucárias bem gaúchas no lugar dos pinheiros da Floresta Negra.

Mais tarde, Cléber assumiria outras responsabilidades. Chamou seis ex-colegas da faculdade para a equipe e assessorou Virgínia nas principais decisões da produção. Descobriu que Virgínia sabia pouco de cinema, mas era bem atilada para questões financeiras e controlava as despesas com mão de ferro. Fizeram testes para definir o elenco, que veio quase todo de Porto Alegre. Maralúcia sonhava em fazer o papel da esposa assassina do Russo, mas teve que se contentar em ser a ambiciosa dona de um pequeno armazém de beira de estrada que mata seu marido para ficar com o negócio, o que, é claro, a leva ao rol das vítimas do nevoeiro vingador.

As filmagens aconteceram em municípios próximos de Nova Petrópolis. O chalé de madeira de Hugo em Canela, que continuava vazio, virou a casa do Russo. Vencendo alguns percalços, a produção estava concluída em menos de dois meses.

O caderno dos sonhos de Hugo Drummond

Um amigo de Cléber, com razoável experiência em montagem cinematográfica, mudou-se para Nova Petrópolis, pois assim Hugo acompanharia todo o processo de edição. Cléber, que nessa altura estava apaixonado por Maralúcia, decidiu que ficaria em Nova Petrópolis por mais um tempo, mesmo que tivesse de trabalhar instalando câmeras de segurança para a firma de Hugo. O professor Jenkins foi convocado para fazer a tradução dos diálogos para o inglês. Virgínia achava que O Russo poderia ter carreira internacional.

7

Em rápida troca de mensagens de texto nos respectivos celulares, Virgínia disse que estava entrando no banho naquele momento e, em vinte minutos, poderia conversar com Hugo numa chamada de vídeo. Nesse meio-tempo, chegaram o xis-burguer e a coca-cola, trazidos por um rapaz de traços orientais. Hugo deu uma boa gorjeta, que o motoboy agradeceu unindo as mãos e fazendo uma pequena mesura. Estranho. Quando terminou de comer, Hugo abriu o software no computador e verificou que Virgínia estava on-line. Fez a chamada e, em poucos segundos, olhava para seu quarto em Nova Petrópolis. A julgar pelo ponto de vista da imagem, a câmera remota estava colocada em cima da cama de casal, talvez sobre um travesseiro, de modo que enquadrava boa parte da cama (que estava desarrumada), a ponta da penteadeira de Virgínia e a poltrona azul que ficava perto da janela. E só. Virgínia não estava lá. Estranho. Hugo esperou mais um pouco e depois disse "Virgínia!", em voz alta, duas ou três vezes, sem resposta. Pensou na possibilidade de a imagem estar congelada, mas ouviu alguns ruídos que vinham de fora do quarto, talvez passos e barulho de uma porta fechando. Esperou mais alguns minutos, e estava prestes a interromper a ligação para tentar de novo, quando Virgínia entrou no quarto, de roupão de banho e cabelos envoltos numa toalha, sentou na ponta da cama, encarou a câmera e sorriu.

"Oi, querido."
"Oi."
"Nós dois estamos de roupão!"
"É."
"Me mostra como é o quarto."

Hugo fez um giro rápido com o notebook.

"Bonito. Meio velho, né?"

"Fizeram uma reforma, mas o hotel é bem antigo. Tem mais de um século."

"Sério?"

"Não é exatamente um hotel. É um quarto no mesmo prédio em que tá acontecendo o encontro."

"Estranho."

"Também achei. Mas a cama é grande e confortável. E o banho é ótimo."

Virgínia deitou-se de lado na cama, bem mais perto da câmera. No movimento, o roupão abriu um pouco, revelando parcialmente seus seios. Ela sorriu novamente e mordeu o lábio inferior, gesto que Hugo conhecia muito bem.

"Querido, tu tá bem sexy com esse roupão."

"Sexy e cansado."

"Muito cansado?"

"Bastante."

"Tira o roupão."

"Pra quê?"

"Faz muito tempo que a gente não transa."

"Ontem de noite, Virgínia."

"Um tempão. Tu não quer?"

"E a enxaqueca?"

"Passou."

Virgínia abriu mais o roupão.

"Virgínia, acho que não vai rolar. Tá meio estranho. Nós dois de roupão branco... Parece cena erótica de filme ruim. E eu acabo de comer um xis. Meu hálito tá bem ruim."

Virgínia sentou outra vez.

"Como tu é chato! Olha, vai escovar os dentes e volta. Te dou três minutos."

Hugo levantou-se e foi escovar os dentes no banheiro. Quando voltou, o quarto de Nova Petrópolis estava vazio outra vez. Hugo esperou, esperou, e nada. Chamou Virgínia. Esperou mais um pouco. Sentia-se cansado e sonolento. Piscou uma vez. Duas vezes. E então Virgínia voltou. Mas aquela mulher era mesmo Virgínia? Parecia vários centímetros mais alta e não estava de roupão. Enquanto cruzava a tela, de perfil, Hugo teve que se esforçar para reconhecer o seu rosto, que agora exibia olhos com longos cílios negros e lábios vermelhos. Era ela, sem dúvida. Contudo, nunca vira a esposa naquele corpete escuro e usando meias sete oitavos, presas por ligas no corpete. Quando ela sentou na poltrona perto da janela e cruzou as pernas, Hugo percebeu que ela calçava um scarpin preto com um salto altíssimo. Hugo não sabia o que dizer. Virgínia colocou as mãos nos joelhos e inclinou-se um pouco para a frente, fazendo os seios se avolumarem sob o corpete.

"E aí, gostou?"

Hugo continuou calado.

"Comprei pela internet. Chegou hoje de tarde. Tu acha muito ousado?"

"Não. Gostei."

"Que bom. Tira o roupão."

"Vamos deixar pra amanhã?"

"Acho que tu ainda não notou os detalhes do figurino."

Virgínia levantou da cadeira e desfilou para Hugo como se estivesse numa passarela. Parou na frente da câmera e fez algumas poses, destacando partes específicas da lingerie e valorizando certos ângulos de seu corpo que julgava serem particularmente atraentes. Finalmente, aproximou seu rosto a um palmo da câmera do notebook, entreabriu os lábios e disse:

"Quero um beijo. Agora."

Hugo já sentia os efeitos da sedução. Perguntou:

"É uma ordem?"

"É uma ordem."

Uma ordem de Virgínia dificilmente era desobedecida. Hugo inclinou-se na direção da câmera e fez um biquinho com a boca.

"O que é isso, Hugo? Tá brincando? Tem que ser de língua!"

Hugo hesitou. Entre as criativas incursões eróticas do casal,

que não eram poucas, nunca tinham entrado no território do sexo virtual. Tinha medo de parecer ridículo. Na verdade, tinha certeza de que toda aquela ação era ridícula. Jamais escreveria uma cena assim em seus filmes.
"Vamos, Hugo!", insistiu Virgínia.
E então beijaram-se. Longamente. As mãos de ambos já escorregavam para territórios plenamente conhecidos quando Hugo ouviu fortes batidas na porta. Interrompeu o beijo, assustado.
"O que foi?", disse Virgínia.
"Tem alguém batendo na porta. É aí?"
"Claro que não."
Novas batidas.
"Então é aqui. Vou ter que atender."
Num rompante, Hugo abaixou a tampa do notebook, levantou-se, amarrou melhor o roupão e caminhou na direção da porta enquanto dizia:
"Já vai!"
No entanto, não podia abrir a porta. Tinha que acalmar-se primeiro. Tinha que fazer o sangue fluir de volta a locais mais discretos.
"Um instante, tô saindo do banho."
Fez a respiração 2-8-4, que aprendera recentemente numa aula de ioga. Deu resultado. Já estava suficientemente relaxado quando abriu a porta. Era Petersen.
"Boa noite", disse o produtor, com ar sério. "Vim me desculpar."
"Desculpar de quê?"
"Fiquei matutando sobre o presente que enviei, o vinho. Claro, o vinho não é o problema. Posso assegurar que é muito bom. O problema é a maneira como ele foi oferecido: através da Irma. Pensei que o meu gesto poderia ser mal interpretado. Sabe como é... O mundo do cinema é cheio de fantasias. Posso assegurar: as intenções da minha empresa são absolutamente sérias. Enfim, não podemos começar mal, se queremos acabar bem." Fez uma pequena pausa e continuou: "Era isso. Te desejo

uma excelente noite de sono, que descanse bem, pois amanhã ambos temos muito trabalho. E que sonhe com anjos. Os melhores anjos que conseguir encontrar."

Hugo, mesmo tendo certeza que seria melhor deixar o homem ir embora, disse:

"Não quer entrar?"

Petersen sorriu.

"Seria um grande prazer."

Hugo abriu a porta totalmente, e o produtor entrou.

"Desculpe a bagunça", disse Hugo. E começou a estender melhor a colcha toda amarfanhada sobre a cama.

"Não tem problema. Se tu visse o meu quarto..."

Petersen pegou a garrafa de vinho.

"Depois me diz se gostou. Eu conheço a esposa do dono da vinícola há muitos anos. É brasileira, mas mora na Toscana com o marido italiano. Todo ano ela me manda uma caixa por um preço muito especial."

"Eu... Pesquisei um pouco. Já sei que é um vinho muito bom."

"Costuma ser magnífico!" Petersen pegou um óculos de leitura no bolso do blazer e examinou atentamente o rótulo. "Ainda não conferi essa safra." E olhou para Hugo, sorridente.

O jovem cineasta não teve outra escolha:

"Nós... Poderíamos experimentar."

"Com certeza! É pra já! Temos cálices bastante adequados. Onde está o saca-rolhas?"

"Procurei há pouco e não achei."

"É uma falha grave. Onde já se viu? Para que servem cálices se não é possível abrir a garrafa? Temos que resolver essa questão."

Petersen pegou o telefone, discou 9 e disse:

"Um saca-rolhas no quarto 9."

A seguir, abriu o frigobar, que ficava sob o balcão da tevê e colocou a garrafa ali.

"Ficará ainda melhor três ou quatro graus mais frio. Os vinhos dessa uva, sangiovese, são muito sensíveis à temperatura."

Petersen sentou numa das poltronas e suspirou.

"Seria mais barato colocar todos nós num hotel de verdade, logo ali da esquina. Em vez disso, tiveram esse trabalhão pra reformar e colocar cortinas de *voil* nas janelas. *Voil*! Não tem sentido algum. Sabia que são apenas nove quartos?"

"Não."

"E, aí, esquecem de colocar um saca-rolhas. Indesculpável!"

Batidas discretas na porta. Hugo foi abrir. Esperava ver a recepcionista Penélope, ou algum outro funcionário da portaria. Era Irma. A garota estendeu o saca-rolhas e disse:

"O Petersen pediu pra trazer."

Hugo pegou o saca-rolhas. Irma sorriu. O jovem cineasta sentiu que aquilo já tinha acontecido antes. E que o próximo diálogo já estava escrito.

"Não quer entrar?"

E dessa vez Irma entrou.

8

Fazer O Russo foi difícil. Porém, vinte e nove mil dólares depois, o filme estava montado, com quase duas horas de duração, música especialmente composta por um primo de Maralúcia, tecladista da banda local Os Máximos, e legendas em inglês, versadas pelo professor Jenkins. Mas o que fazer com O Russo agora? A pergunta tirava o sono de Virgínia e Hugo. Cléber garantiu que a melhor maneira de chamar a atenção de distribuidores seria colocar o filme num festival no exterior. Virgínia queria o de Berlim, pois falava alemão e poderia fazer contatos. Cléber achava que a pretensão de Virgínia era um pouco exagerada e sugeriu alternativas mais viáveis, talvez uma mostra espanhola especializada no gênero terror, mas Virgínia foi irredutível.

Feita a inscrição pela internet, todos esperaram ansiosamente a divulgação dos filmes selecionados. Dois meses depois, receberam uma mensagem protocolar: a concorrência era enorme, não foi desta vez, tentem de novo no ano que vem. Virgínia mostrou que sabia vários palavrões em alemão da colônia. Hugo consolou a esposa da melhor maneira que pôde. Cléber lembrou que o Festival de Gramado estava encerrando o período de inscrições justo naquela semana. Hugo achava que era uma boa alternativa. Virgínia concordou e até animou-se um pouco. Pensou num modelo de vestido para a estreia. Nova recusa, desta vez sem mensagem protocolar. O sonho tinha acabado. Virgínia ficou deprimida.

Maralúcia e Cléber brigaram feio. Cléber voltou a Porto Alegre e entrou num coletivo de realizadores alternativos. Faria filmes engajados ou o que aparecesse pela frente. Contratado como assistente de produção num clipe de rap em São Paulo, acabou

O caderno dos sonhos de Hugo Drummond

ficando por lá. Nunca mais viu Maralúcia. Contava histórias sobre a produção de O Russo para os colegas cineastas nos bares da Vila Mariana, arrancando muitas risadas. Dizia que tinha dado o seu melhor, que algumas imagens eram impressionantes, que alguns cenários eram lindos, que os atores eram razoáveis, mas o amadorismo da produção prejudicara muito o resultado final. Os efeitos especiais do nevoeiro, feitos com uma máquina de fumaça nas externas e gelo seco no interior das casas, eram terríveis. E a música... Melhor não falar sobre a música.

Já o negócio de sistemas de câmeras de segurança de Hugo continuava um sucesso, com filiais recém-abertas em São Francisco de Paula e Cambará. Hugo viajava bastante, pois supervisionava pessoalmente cada instalação. Algumas vezes era obrigado a dormir fora. Virgínia ficava muito solitária em sua grande casa lindamente decorada. Passou do vinho para o gim, e deste para o uísque. O sexo com Hugo não estava mais tão animado. Andava repetitivo, sem imaginação, chato. Discutiam por bobagens, como o melhor jeito de fazer fogo na lareira. Às vezes se sentiam asfixiados, como se o Russo estivesse presente, ali, na cama, entre os dois, com sua névoa maldosa lentamente sufocando todas as esperanças e empalidecendo a fantasia de uma vida cinematográfica a dois que, poucos meses antes, tanto encantara o jovem casal.

Num domingo à noite, sempre o pior momento da semana para o humor de Virgínia, conversaram seriamente, à beira da lareira da sala, sobre o que estava acontecendo. Hugo chorou, disse que ainda amava Virgínia. Virgínia também chorou, disse que ainda amava Hugo. Ambos disseram que, com certeza, venceriam aquele momento difícil, mas ambos sabiam que em breve estariam separados. E então o celular de Virgínia tocou. Era Jean-Paul.

Acabara de chegar em Gramado, onde acompanharia a apresentação de um drama chileno em que sua produtora tinha uma pequena participação. Infelizmente, ficaria apenas dois dias. Tinha passagem marcada para São Paulo na quarta-feira pela manhã. Gostaria muito de rever os amigos. Quem sabe um jantar na segunda-feira, logo após a sessão? Virgínia, no começo do diálogo, sentiu raiva e vontade de mandar o francês se foder. Usou frases curtas e secas. À medida que a conversa evoluiu, foi amaciando o tom da voz. Combinaram um jantar a três em Gramado no dia seguinte. Hugo ficou um pouco enciumado. Achava que Jean-Paul tinha intenções românticas em relação à sua bela esposa. Ficou mal-humorado. Virgínia riu de Hugo, disse que ele era muito mais bonito que aquele francês de merda. Riram um pouco. Beijaram-se. A lareira estava quente. Tiraram a roupa e, em cima de um pelego grande, tiveram o melhor sexo dos últimos meses.

O filme chileno era péssimo. No jantar, até Jean-Paul concordou com isso depois da segunda garrafa de vinho. Tomando coragem, Hugo contou que tinham filmado O Russo. Estava pronto. Jean-Paul, muito surpreso, disse que aquilo era uma loucura e que precisava assisti-lo imediatamente. Virgínia tirou da bolsa um pendrive e colocou-o em cima da mesa. Olhou muito séria para Jean-Paul e perguntou:

"Immédiatement? Il est sûr? Combien de jours?"

Jean-Paul sentiu a ironia. Também ficou sério. Respondeu: "Demain."

Hugo gostou da atitude de Virgínia. No hotel, meio bêbados, fizeram sexo novamente. A paixão parecia voltar. O telefone de Virgínia tocou às seis da manhã. Jean-Paul pediu desculpas. Estava empolgado demais para esperar um horário civilizado. Mal conseguira dormir. Tinha visto O Russo e precisava falar urgentemente com Virgínia e Hugo. Poderia tomar o café da manhã com eles? No hotel deles? Qualquer horário antes das dez. Marcaram o encontro para as nove e meia.

Quando o casal entrou no restaurante, Jean-Paul já estava lá, com uma grande xícara de café preto à sua frente. Virgínia solicitou que a conversa fosse em inglês, de modo que Hugo pudesse participar. Jean-Paul aceitou, com ar cansado, mas sorridente. A seguir, falou por quase dez minutos sem parar, entusiasmado, mas sem levantar muito a voz. Basicamente, disse que O Russo tinha tudo para ser um sucesso, contanto que três alterações fossem realizadas.

A primeira: todos os efeitos visuais teriam que ser refeitos com tecnologia digital. Já examinara a questão detidamente e isso era possível, com um investimento não tão grande assim. Teria um orçamento dali a uma semana.

A segunda: como a música tirava toda a dramaticidade do filme, quase transformando-o numa comédia, toda a trilha tinha que ser refeita. Conhecia um excelente compositor, que também era produtor musical em filmes alternativos.

A terceira: o filme estava longo demais. Com vinte minutos a menos, teria a agilidade necessária sem prejudicar em nada o desenrolar da história. Já estava pensando num grande profissional para esse trabalho decisivo.

Completou dizendo que Hugo revelara ter um talento excepcional como diretor, pois a história, além de estar bem contada, tinha um clima surrealista fantástico, que lembrava Buñuel e Lynch. O Russo era um diamante bruto. Corretamente lapidado, seria a plataforma de lançamento de Hugo. Ele poderia ter um imenso futuro no mundo do cinema. Hugo sorriu. Então Jean-Paul olhou para Virgínia e disse que o trabalho de produção era incrível: as locações, o elenco, a fotografia, tudo tinha aquela atmosfera de pesadelo extremamente verossímil que poucas obras de terror conseguem obter. Agora só tinham que combinar como fazer O Russo alcançar todo o seu potencial. Virgínia sorriu.

Discutiram como fazer as alterações. Jean-Paul tinha esquematizado tudo durante a madrugada. Fariam uma coprodução. Ele tinha pouco capital, poderia colocar cinco mil dólares, mas entraria com o exaustivo trabalho de supervisão de todo o processo de finalização na França e escolheria os fornecedores com melhor custo-benefício. Cada item das despesas seria discutido. Tudo poderia ser acompanhado on-line por Virgínia. No entanto, tinham que se apressar, pois havia um alvo, um objetivo fantástico a ser atingido. Hugo perguntou que objetivo era esse. Jean-Paul tomou o último gole de café e sussurrou:

"Cannes."

9

O vinho era ótimo e terminou logo. Irma praticamente não bebeu, de modo que Hugo (já convenientemente vestido) e Petersen dividiram a garrafa e ficaram bastante descontraídos. Os dois homens ocupavam as poltronas, enquanto Irma sentara, muito ereta, na cadeira antiga de madeira que ficava junto à bancada da tevê. Petersen, com a cara levemente afogueada, disse que deveria ficar quieto e apenas desfrutar daquele agradável momento, mas não podia perder a oportunidade de contar para Hugo alguns aspectos do novo projeto de sua produtora:

"Fico constrangido em dizer, mas, na verdade, dessa vez eu deveria ser creditado também como roteirista, de tanto que ajudei o cara lá de Hollywood. Mas não fica bem: produtores e roteiristas são pessoas bem diferentes. A Irma sempre diz que eu devo focar nos aspectos comerciais e contratar pessoas talentosas para fazer arte. O problema é que arte ruim tem péssimas perspectivas comerciais. Então eu tenho que farejar o que é ouro e o que é lata enferrujada, porque qualquer coisa cabe no papel, mas só boas histórias merecem virar filme."

"E ouro tem cheiro?", perguntou Hugo.

Petersen riu bastante antes de responder:

"Meu amigo, que pergunta! O ouro tem o melhor cheiro do mundo. Eu sinto de muito longe. Agora, ouro disfarçado no papel é um pouco mais difícil. Por exemplo, vou te contar um fiapo da história desse meu filme. Só um fiapinho. Pode ser?"

"Claro."

"Um homem feito, vamos chamá-lo de Senhor X, com uns quarenta anos, bem casado, com dois filhos já crescidos, recebe um telefonema de um desconhecido que diz ser seu verdadeiro pai, já que o Senhor X foi entregue para adoção quando era bebê. Esse desconhecido diz que precisa de ajuda, pois está numa situação de vida ou morte."

Petersen fez uma pausa dramática e olhou fixamente para Hugo, que não esboçou qualquer reação.

"Que tal? Personagem simpático, conflito terrível, suspense... E depois, é claro, teremos revelações incríveis e o Senhor X vai se apaixonar pela pessoa errada."

"Lembra um pouco a história do Édipo", disse Hugo.

"Que Édipo?"

"Da peça. Lá dos gregos."

"Não conheço. Detesto teatro. Mas o que tu achou do enredo?"

"Parece interessante."

"Interessante?" Petersen estava bem decepcionado. Olhou para Irma e disse: "Irma, querida, se não me engano, outro dia tu me falou que a palavra mais usada por alguém para falar de uma história de que não gostou é 'interessante'. É ou não é?"

"Não lembro, Petersen", disse Irma.

"E ele disse que o nosso roteiro é plágio!"

"Não!", protestou Hugo. "Eu disse que lembrava uma história antiga que todo mundo conhece."

"Eu não conheço!", disse Petersen, irritado. "Nessa peça o cara recebe um telefonema do pai na primeira cena?"

"Não."

"Então o começo já é totalmente diferente!"

O produtor levantou-se da poltrona com alguma dificuldade.

"Já é tarde. Vamos, Irma?"

"Vamos."

Petersen estendeu a mão para Hugo, que se levantou rapidamente e também estendeu a sua. O produtor pegou a mão de Hugo com força e a sacudiu para cima e para baixo, várias vezes, enquanto falava:

"Meu jovem. Esquece essa minha história. Esquece esse teu Édipo. Eu quero saber é da *tua* história. E me promete uma coisa: não fecha contrato com outra produtora antes de ouvir a proposta da Santor Filmes."

"Ele já prometeu, Petersen", disse Irma.

"Quero ouvir da própria boca dele."

Hugo continuava com a mão presa por Petersen, que fazia cada vez mais pressão, a ponto de causar alguma dor nos dedos de Hugo.

"Claro", disse Hugo. "Eu prometo."

Petersen sorriu e largou a mão de Hugo.

"Excelente! Boa noite!"

Como Irma já se encaminhava para a porta, Hugo adiantou-se, passou por ela, colocou a mão no trinco e estava prestes a abaixá-lo, quando Petersen exclamou, em voz bem alta:

"Para, meu amigo!"

Hugo parou.

"Não te vira. Olha ali, Irma. No pescoço dele!"

Hugo fez menção de colocar a mão no pescoço, mas Petersen gritou:

"Não te mexe. Não te vira. Fica bem quieto. Tem um inseto imenso na tua nuca."

"Não tô sentindo..."

"Ele tá em cima do teu cabelo. Eu sou alérgico, não posso fazer nada. Se um bicho desses me pica, vou pro hospital. Irma, tu vai ter que dar um jeito. Pega alguma coisa pra bater nele." Petersen olhou em volta. "Usa o controle remoto da tevê!"

"Não tô vendo o inseto, Petersen", disse Irma. "É uma aranha?"

"Sei lá. É um bicho preto com perninhas finas."

Irma pegou um folheto que mostrava os principais pontos turísticos de Porto Alegre em cima do balcão da tevê e fez um rolo com ele.

"Boa!", disse Petersen. "Agora bate! Tá vendo o bicho? Bem na nuca. Tem que ser um golpe preciso!"

Irma aproximou-se de Hugo e levantou o braço direito. Ela hesitou e disse:

"Não é uma aranha. Parece mais um besouro. Besouros não picam, Petersen."

"Não dá pra arriscar. É melhor matar esse desgraçado. Vai, Irma! Agora!"

O golpe de Irma foi certeiro e fez bastante barulho. Hugo virou-se, assustado, e olhou para Irma, que disse:

"Desculpe. Foi muito forte?"

Petersen estava olhando para o chão.

"Seria bom a gente achar o bicho, pra saber se é uma espécie perigosa." Olhou para Hugo e continuou: "Tu sentiu alguma picada?"

"Não."

"Deixa eu olhar."

O produtor examinou minuciosamente a nuca de Hugo, levantando os cabelos como quem abre uma sucessão de pequenas cortinas. De repente, parou e disse:

"Aqui tem um ponto vermelho! Irma, dá uma olhada."

Irma obedeceu.

"Pode ser uma picada", continuou Petersen. "Temos que achar esse bicho."

Os três esquadrinharam o chão de parquê do quarto, mas nada encontraram. Hugo, que de vez em quando colocava a mão na nuca, disse:

"Não tô sentindo nada. Não precisam se preocupar. Foi só um susto."

"Talvez", disse Petersen. "Espero que sim. Mas eu tenho certa experiência com insetos. Tenho que ter, devido à minha alergia. Alguns besouros são bem peçonhentos. E cada pessoa reage de um jeito. A Irma, por exemplo, pode ser picada por uma aranha enorme, daquelas cabeludas, e aposto que não vai sentir nada. Se uma formiga minúscula me morder, posso ficar muito mal em dois minutos."

"Eu cresci no mato e já fui mordido por todo tipo de inseto: aranha, formiga, abelha, marimbondo...", garantiu Hugo. "E nunca passei mal."

"Ah... Então fico mais tranquilo. É um homem talentoso e com o corpo fechado. Que sorte a tua! Então vamos fazer o seguinte: vamos te deixar dormir em paz. Mas, durante a noite, se tu sentir qualquer dor, qualquer coisa diferente no teu corpo, tu vai me ligar imediatamente." Fez uma pequena pausa. "Imediatamente!"

"Pode deixar."

"Boa noite", disse Irma, com um pequeno sorriso.

"Boa noite", disse Hugo.

Petersen e Irma saíram. Hugo foi para o banheiro e examinou seu pescoço. Como não havia um espelho pequeno que pudesse segurar na mão, era impossível olhar a sua nuca. Tentou, com a ponta dos dedos, sentir se havia alguma coisa diferente sob os cabelos na parte de trás da cabeça. Nada. Escovou os dentes, tirou a roupa e deitou-se só de camiseta. Puxou o lençol e a colcha sobre o corpo, não fazia frio a ponto de usar o cobertor de lã que vira no armário. Estava exausto. Um sino de igreja bateu ao longe marcando a meia-noite e lembrando um som muito comum em sua infância canelense. O jovem cineasta Hugo Drummond não demorou para dormir profundamente.

10

A seleção de O Russo para a mostra Un Certain Regard, em Cannes, pode ser creditada a dois fatores: os próprios méritos do filme, que foram decisivamente realçados pelas modificações realizadas na França, sob a supervisão de Jean-Paul, e as boas relações deste com dois organizadores do festival. Como Hugo e Virgínia descobriram, sem boas relações nada acontece no mundo do cinema. O Russo foi considerado uma agradável surpresa pela maioria da crítica, que destacou a boa história, bastante surrealista, o charme das paisagens do sul do Brasil, as atuações contidas do elenco e a direção segura de Hugo Drummond. Ainda durante a mágica semana que passaram juntos no balneário da Côte d'Azur, Hugo, Virgínia e Jean-Paul fizeram planos para o próximo filme. Durante o jantar de despedida, logo após a emocionante cerimônia de premiação, com os dois homens ainda em black tie e Virgínia num maravilhoso vestido azul-escuro (que era parecido, mas custara dez vezes mais que o usado em Gramado alguns meses atrás, o que para ela era uma doce vingança contra os caipiras que não haviam selecionado o filme), o francês ouviu pacientemente vários argumentos apresentados por Hugo, mas, logo após terminar o vinho de sobremesa, afirmou:

"Nous devons faire Le fils du Russe."

Virgínia abriu um largo sorriso. Achou a ideia maravilhosa e pediu mais um cálice de Sauternes. Hugo demorou para embarcar no entusiasmo da esposa. Achava difícil imaginar uma continuação, já que, no filme original, o Russo, que nunca tivera filhos, encontrava a paz para a sua alma atormentada ao se apaixonar por uma de suas vítimas no exato momento em que deveria sufocá-la. O nevoeiro então perdia a sanha assassina e passava a ser uma lenda imortal do folclore canelense. Jean-Paul disse que já pensara naquilo e tinha a solução: a mulher por quem o Russo se apaixonara fica grávida dele. Portanto, O Filho do Russo seria a história desse menino, que, reprimido sexualmente pela mãe e morto ainda adolescente, antes de transar pela primeira vez, transforma-se num nevoeiro juvenil serial-killer mais sádico que o pai.

Hugo, ainda cético, queria saber como um nevoeiro pode ser pai. Virgínia disse que ele estava sendo muito cartesiano. Com certeza, achariam uma boa explicação ao desenvolver o projeto. Jean-Paul acenou com possíveis verbas europeias para a produção. Além disso, poderia contatar um consultor de roteiros incrível, um compatriota que morava na cidade de Cluj-Napoca, na Romênia, pois tinha dupla cidadania, e sabia tudo sobre filmes de terror. Hugo acabou convencido de que O Filho do Russo era a melhor opção para alavancar o seu futuro como cineasta.

Logo que o casal voltou ao Brasil, Hugo iniciou o trabalho de roteirização, com supervisão on-line do consultor franco-romeno, que não falava uma palavra de inglês. Virgínia precisou bancar a tradutora, o que a levou a conhecer intimamente todas as questões narrativas do filme. Seus constantes palpites eram quase sempre elogiados pelo consultor, o que deixava Hugo meio irritado. Mas seguiram em frente. Depois de quatro meses, Hugo terminou de escrever a primeira versão do roteiro de O Filho do Russo, que foi aprovada com louvor por Jean-Paul. Agora só faltava conseguir a grana. Surgiu um edital para longas brasileiros com coprodução internacional, e Virgínia inscreveu O Filho do Russo em regime de parceria com a empresa de Jean-Paul, bastante conhecida no mercado alternativo. Isso ajudou na pontuação do projeto, que ainda tinha como trunfo o recente destaque de O Russo em Cannes.

Embora tenha celebrado efusivamente a seleção no edital ao lado de Virgínia, com direito a um jantar romântico à luz de velas, seguido de algumas brincadeiras eróticas com cera quente, Hugo, logo a seguir, foi assaltado por um sentimento confuso. Queria, é claro, continuar fazendo filmes. O problema é que O Filho do Russo não o empolgava. Pior: era muito frustrante constatar que o consultor franco-romeno havia desprezado a grande maioria das ideias que partiam dos seus sonhos registrados no caderno azul. Lembrava como as personagens oníricas tinham sido acrescentadas, em ritmo impulsivo e caótico, ao roteiro de O Russo. Todas elas pareciam se encaixar perfeitamente na trama, de acordo com Virgínia e Jean-Paul. Hugo não conseguia entender por que, nessa segunda experiência, elas foram consideradas fantasiosas demais, ou definitivamente inverossímeis.

Fora difícil para Hugo entender como a inverossimilhança poderia ser considerada um critério importante para julgar a inclusão de uma personagem numa história em que um nevoeiro engravidava uma mulher. Pensando que talvez o problema residisse no fato de que não falava a língua do debate e dependia de Virgínia para expor seus argumentos, Hugo começou um curso de francês e estudou com afinco todas as noites. Não houve qualquer alteração. Ele, o roteirista, parecia ficar sempre em minoria quando as decisões eram tomadas. Jean-Paul, Virgínia e o consultor franco-romeno o levaram a escrever uma história que, segundo esse comitê, agradaria a grande maioria dos espectadores do gênero. Não empolgava, contudo, o próprio roteirista. Hugo escondeu sua frustração para não prejudicar o entusiasmo quase juvenil de Virgínia, que deixara bem para trás o período depressivo e, depois de um curso intensivo de produção-executiva, se tornou uma ás no Excel, manejando planilhas de orçamento com velocidade espantosa.

À noite, antes de dormir, quase sempre com Virgínia já ressonando tranquilamente ao seu lado, Hugo refletia sobre as recentes reviravoltas de seu destino, que o levaram das câmeras de vigilância às cinematográficas em tão pouco tempo. Dizia para si mesmo que não deveria queixar-se de coisa alguma. Seria um ato de extremo narcisismo atrapalhar um processo coletivo que parecia estar funcionando bem. Teria que conter o ego daquela vez e fazer o serviço de direção como deveria ser feito. Não era bem mais divertido fazer um filme, qualquer filme, que instalar sistemas de segurança? E consolava-se com a ideia de que logo a seguir, em seu terceiro roteiro, poderia exercer sua autoria com plena autoridade e usar os sonhos secretos como bem quisesse. Não faria O Neto do Russo. De jeito nenhum. Nem que lhe pagassem um milhão de euros. Então dormia e sonhava.

11

Tenho uns setenta anos. Sei disso quando olho minhas mãos, enrugadas e cheias de manchas, sobre as teclas do piano. Sou compositor musical. Também gosto de tocar e cantar. Faço isso há muito tempo. Estou num estúdio bem equipado, decorado com bom gosto e simplicidade. Experimento acordes sobre a letra de uma canção manuscrita num papel meio amassado. A grafia é minha, sem dúvida. Repito várias vezes a frase "Estou bem deitada na cama desfeita" e tento achar uma melodia. Nenhuma alternativa me satisfaz.

A porta do estúdio abre e uma mulher jovem, com uns vinte e cinco anos, usando uma gargantilha preta no pescoço, entra. Ela dá apenas um passo e para. Abro um sorriso cordial, mas, de repente, meu sorriso se desfaz. A presença da garota me toca profundamente. Não sei por quê. Ficamos nos observando por alguns segundos, imóveis e calados. Ela finalmente caminha até mim, estende a mão e diz:

"Prazer, sou Elke. Vim para o teste." Faz uma pequena pausa. "Desculpa o atraso."

Aperto a mão de Elke e digo:

"Não... Não tem atraso nenhum. Eu sou Hugo Drummond."

"Eu sei. Eu conheço tuas músicas. Não lembro todas, claro. Devem ser muitas."

"Eu também esqueci a maioria."

"Já apareceram muitas candidatas?"

"Não."

Ficamos nos olhando. Ainda estou perturbado. Elke sorri.

"Como vai ser o teste?", pergunta.

Não respondo. Estou confuso. Elke olha para o papel com a

letra da música.

"Quer que eu cante essa letra?"

"A música não tá pronta. Não vai dar tempo de colocar no show."

"Posso ver?"

Alcanço o papel para Elke, que começa a ler. Continuo observando-a atentamente. Não resisto e pergunto:

"Desculpa... Mas a gente nunca se viu antes?"

Elke sorri novamente, mas não para de ler.

"Talvez. Canela é uma cidade pequena."

Inseguro, tateando para encontrar as palavras e com pronúncia bem ruim, falo:

"Je ne parle pas de Canela. Je parle de Paris."

Elke para de ler e olha para mim. Fala rápido, com excelente pronúncia:

"Ah, tu parles français. Bien! Quand étiez-vous à Paris? Peut-être que nous nous rencontrons dans un musée? Ou lors d'un spectacle?"

"Eu não falo francês", explico. "Comecei a aprender há pouco. Mas estive em Paris há... Foi em mil novecentos e sessenta e nove. Cinquenta anos. É... Completou cinquenta neste ano."

Elke fica olhando para mim, como se não entendesse o que está acontecendo.

"Desculpa", digo. "Acho que tive um déjà vu. O déjà vu mais forte da minha vida."

Elke mostra o papel com a letra.

"É Verlaine. Je l'aime. A tradução é tua?"

"Não. De um amigo, o Jurandir. Eu só fui cortando e acertando a métrica."

"E trocando o gênero. Verlaine era um homem... Quer dizer, na poesia original quem tá na cama é um homem, e não uma mulher."

"É. Não sei por que eu troquei."

"Ficou ótima. Adorei. Vamos tentar?"

"Tentar o quê? Não tem música."

"Toca um Fá."
Obedeço. Sei onde fica o Fá. Elke começa a cantar. Eu a acompanho, simplesmente repetindo a nota Fá. A voz de Elke é grave para uma mulher, mas muito doce:

Estou bem deitada na cama desfeita
Já amanheceu, a picardia foi perfeita
E penso, inebriada, nessa luz da rua...

A partir daqui, ela vai subindo rápido na escala – Sol, Lá, Si, Dó, Ré, Mi, Fá – e eu vou subindo também, tecla a tecla. É fácil.

...na orgia noturna, violenta e crua

Voltamos ao Fá original:

Uma louca coceira na alma e seu entorno
Me força a prosseguir sem nenhum adorno
Além do corpo nu, eu sou Vênus divina

E, subindo na escala até o próximo Fá:

Sangue, carne, pele, alma, polpa fina

Olho para Elke, admirado. A canção é linda.

Agora estou na sala da minha antiga casa em Canela, que serviu de cenário para O Russo. Falo ao celular, andando de um lugar para o outro, com alguém que conheço:
"Porra, cinquenta reais é muito! Não vai ninguém! (ouço) E quantas pessoas que escrevem 'tenho interesse' tão interessadas de verdade? Ninguém tá interessado. (ouço) Eu não te pedi muita coisa. Só quero uma despedida decente. (ouço) Não. Não consegui as três cantoras pra fazer backing. Vai ter uma só, e não vai fazer backing. Vai cantar minha última música. (ouço)

Mais recente, tá bem. Mais recente. E desse jeito vai ser a última. Bota quinze reais antecipado. (ouço) A casa que se foda. Eu preciso de gente na plateia! (ouço) Vai te foder!"
  Desligo o celular. Estou ofegante. Levo a mão ao coração, sinto uma dor aguda. Abro uma mochila com gestos nervosos e pego uma pílula, que coloco sob a língua. A dor logo diminui. Pego duas grandes pastas de plástico sobre a mesa. Estão cheias de fotos. Algumas são mais familiares — minha mãe, meu pai, eu, pequeno, segurando uma flauta doce —, outras mostram momentos de minha vida profissional ligada à música. Enquanto manuseio as fotos, tomo uns goles de uísque. Acho uma foto preto e branco (meio desbotada) de Elke, usando a mesma gargantilha que usava no estúdio, sorrindo para a câmera. Fico olhando para a foto, emocionado.

  Agora sou jovem, tenho apenas vinte anos, e estou num quarto desconhecido, transando com Elke. De algum modo, sei que estamos em Paris. Elke interrompe a transa e diz:
  "Chega! Acabou!"
  "Por quê? Eu quero mais."
  "Agora não. Outro dia."
  Elke levanta-se e começa a se vestir.

  Agora estou no camarim de uma casa de espetáculos. Ou um bar. É um camarim pequeno. Sou velho outra vez. Estou sentado numa poltrona, com um copo de uísque na mão. Tomo um gole grande, até terminar a dose. Estou vestido para o show: camiseta do Clash, calça preta, tênis. Estou nervoso. Ouço barulho de passos. A porta do camarim abre. É Elke chegando, maquiada, com um vestido preto, longo e decotado. Nos pés, sandálias de saltos bem altos. Penso que ela se parece com a Debbie Harry, mas é ainda mais bonita. Em vez da gargantilha fina que usava no estúdio, agora seu pescoço está envolvido por uma tira muito mais larga, de couro preto, com tachinhas prateadas e uma argola, que mais parece a coleira de um cão.

"Tudo pronto?", pergunta.
"Tudo. Como tá o público?"
Sei que deve ter meia dúzia de gatos pingados. Tento ser sarcástico, como se não me importasse:
"Casa cheia?"
Elke sorri.
"Casa lotada. Vamos ter que marcar outro show amanhã."
Não sei se ela tá falando a verdade.
"Tá brincando!"
Elke examina-se num espelho. Confere a maquiagem.
"Não. Tem bastante gente. E o bar não é muito grande. Vai ser legal."
Levanto e me aproximo de Elke. Pego a foto no bolso e mostro para ela, que olha para a sua própria imagem e depois para mim.
"Essa foto foi tirada há cinquenta anos", explico.
"Que bonita! É a minha mãe. Incrível! Tu que tirou?"
Estou confuso.
"Tua mãe?"
"Nós somos muito parecidas. Mas... Nessa foto ela tá igual."
"Verdade. Igual."
Sento-me outra vez. Sirvo uma generosa dose de uísque no meu copo.
"Eu conheci a tua mãe em Paris. Foi rápido. Mas foi importante pra mim. Tive que sair do Brasil. Eu tava... Muito mal, sozinho, sem saber o que fazer..."
Tomo mais uísque. Sinto dor e levo a mão ao peito. Elke percebe e aproxima-se.
"Que foi?"
"Nada." Olho para o relógio de pulso. "Tá na hora do show."
Tento levantar-me da poltrona, mas não consigo. Olho para Elke e digo:
"Não vai ter show. Vai pra casa. Chega! Acabou!"
"Tu não queria mais? Chegou o dia."
"Chegou?"

"Eu prometi. E o dia chegou."
Ouço uma nota Fá, tocada ao piano. Alguém está no palco, usando meu piano? Elke vai tirando a roupa enquanto canta, muito suavemente.

> *A minha fenda pura, de rubra nervura*
> *Sulco que te enternece, é uma flor obscura*
> *E minha bunda azulada, como lua dividida*

E subindo na escala:

> *Em hemisférios, misteriosa, ainda quer te dar guarida*

Elke está só com a coleira. Senta no meu colo e começamos a transar. Ela canta bem perto do meu ouvido:

> *Tua língua freme minhas dobras docemente*
> *Meu coração palpita, quer seguir em frente*
> *Mas sou amante, sou escrava, em silêncio obediente*

E subindo outra vez na escala:

> *Tu reinas sobre mim, serva encantada e paciente*

E repete:

> *Tu reinas sobre mim, serva encantada e paciente*

Mais uma vez:

> *Tu reinas sobre mim, serva encantada e paciente*

A música termina. Elke para de cantar. Olha para mim.
"Mais?"
"Mais."

Elke obedece. Fecho os olhos e respiro fundo pela última vez.

Agora vejo Elke, outra vez vestida, atravessando o bar, que está completamente vazio. Desaparece por uma porta no fundo.

Agora estou morto, sentado na poltrona do camarim. Mas, pela primeira vez em muitos anos, me sinto feliz. Acordo.

12

Hugo abriu os olhos, num sobressalto, com o corpo suado. Percebeu logo que estava com febre. Além disso, sentia uma dor aguda na nuca. Olhou o relógio do celular: duas e meia. Estava mal. Precisava fazer alguma coisa. Pegou o telefone e apertou a tecla 9. Uma voz feminina, talvez Penélope, disse "Alô" e tomou fôlego para falar mais alguma coisa, mas Hugo a interrompeu:

"Tenho que falar com o senhor Petersen. É urgente!"

"Um instante."

Hugo sentiu novamente uma pontada de dor na nuca. A voz de Petersen surgiu, meio pastosa:

"O que foi, meu amigo?"

"Não tô me sentindo bem. Acho que tenho febre."

"Fica calmo. Já vou dar um jeito. Toma bastante água."

Hugo desligou. Nesse momento, o sonho apareceu em sua memória. Era um sonho grande, com várias cenas. Um precioso sonho, com desenvolvimento seguro, algumas reviravoltas e um desfecho dramático. Sabia que, se não o anotasse imediatamente, perderia detalhes, ou até mesmo partes essenciais do enredo. Abriu a mochila e pegou o caderno azul. Mesmo com a cabeça latejando, anotou tudo que podia lembrar. Como sempre, mais detalhes apareciam à medida que escrevia. Não notou o tempo passar. Decidiu copiar logo as anotações para o computador, método que vinha se revelando muito produtivo. Mal tinha completado a primeira frase quando ouviu batidas na porta. Levantou-se, um pouco tonto, e a abriu, esperando ver Petersen. Não era Petersen.

"Oi", disse Irma, mostrando um vidrinho de plástico com algumas pílulas. "O socorro chegou. O Petersen disse que eu devo fazer tudo que for necessário para que tu fique bem."

"Obrigado", disse Hugo. "Entra."
Irma entrou.
"O Petersen garante que essas pílulas são excelentes para qualquer tipo de intoxicação. Ele sempre leva nas viagens, por causa da alergia dele a insetos. Vamos começar tomando duas."
Hugo encheu um copo com água no banheiro e engoliu as pílulas estendidas por Irma.
"Posso ver o local da picada?", perguntou Irma.
"Pode."
Irma caminhou até ficar bem atrás de Hugo e, levantando o cabelo que lhe cobria a nuca, examinou o seu pescoço.
"Tem alguma coisa aqui", disse ela. "Mas não dá pra ter certeza que é uma picada."
"Senti uma dor forte agora há pouco."
Irma baixou as mãos e ficou de frente para Hugo. Apontou para o notebook e o caderno azul, que repousavam, lado a lado, sobre a bancada da tevê.
"Aparentemente, tu não tá tão mal assim. É um roteiro?"
Hugo guardou o caderno na mochila e baixou a tampa do notebook.
"Não. Tava escrevendo pra passar o tempo e esquecer a dor."
"Então é pra isso que tu usa a escrita?"
"Às vezes é."
"Eu conheci um cara que me garantiu que *sempre* é." Irma afastou-se um pouco. "Tu já verificou tua temperatura?"
"Não."
Irma apontou para a cama.
"Deita. Eu trouxe um termômetro."
"Não precisa."
"O Petersen vai querer um relatório completo. Ele tá preocupado. Se eu não levar todas as informações, ele vem pra cá e não sai mais. E aí tu não vai conseguir dormir, pode ter certeza."
Hugo deitou-se. Irma pegou um termômetro no bolso do seu casaco e colocou-o sob a axila direita de Hugo.
"Posso te fazer uma pergunta?", disse Irma.

"Pode."

"Como tu criou as personagens do teu filme? De onde saíram aquelas mulheres que o Russo mata?"

Hugo tentou imaginar uma boa mentira. Não queria falar de seus sonhos. Mas não conseguiu bolar uma resposta minimamente verossímil. Ficou quieto. Irma sorriu.

"Tudo bem. Não precisa dizer. Todo artista tem seus segredos."

"Não é isso. É que... acho que nem eu sei direito."

"Vou te confessar uma coisa: no início, eu não tava gostando muito do teu filme. Nem o Russo nem a mulher dele me emocionaram. Achei os dois meio óbvios, eram aqueles estereótipos que todo mundo conhece de filmes de terror. Porém, quando as outras mulheres apareceram na trama, fiquei pasma. Todas têm alguma coisa especial, alguma coisa que me tocou e me fez acreditar nelas, nos seus dramas cotidianos e nas motivações dos seus crimes. Acho que o filme não é sobre o Russo. É sobre essas mulheres que tomam uma decisão e mudam suas vidas pra sempre, num rompante. Torci por elas, mesmo sabendo que o Russo acabaria surgindo para matar todas. Então, só queria te dizer que é raro um homem criar personagens femininas como aquelas. Parabéns!"

Hugo, apesar da febre, se esforçou para acompanhar cada palavra de Irma.

"Obrigado", disse ele, tentando sorrir.

"Agora vamos ver essa temperatura."

Irma retirou o termômetro e o examinou à luz da lâmpada de cabeceira.

"Trinta e nove. Bem quentinho. Vou te dar um antitérmico."

Irma fez Hugo tomar mais uma pílula, de uma cor diferente das outras.

"Agora tu tem que descansar."

"Tá bom. Obrigado por tudo."

Irma afastou-se da cama e sentou numa das poltronas.

"Pode ir", disse Hugo. "Eu vou ficar bem."

"É bem provável. Só vou ficar mais um instantinho, pra ter certeza."

Hugo quis protestar, mas não conseguiu. Sentia-se cansado demais. Preocupado com o horário da reunião na manhã seguinte, conferiu no celular, num último esforço físico e mental, se o alarme para despertar estava corretamente regulado. Tudo certo: sete horas. Antes de dormir pela primeira vez, antes do sonho, bem antes da febre, já tinha ligado para a recepção e solicitado o despertar para aquele horário. Estava duplamente garantido. Olhou para Irma e achou que já começava a se sentir melhor. É como se tivesse um anjo velando por ele. Disse:

"Boa noite."

"Boa noite", disse Irma. E completou: "Bons sonhos."

Hugo sorriu de volta, deitou de lado e adormeceu.

13

Acordou aos poucos. Demorou a perceber onde estava, que cama era aquela, que quarto era aquele, o que estava fazendo ali. Não reconheceu as finas cortinas nas janelas, filtrando os raios de sol que atravessavam as venezianas. Não eram fracos, como seria de se esperar num começo de manhã. Eram intensos e chegavam a fazer desenhos luminosos sobre os parquês do assoalho. Sacudiu a cabeça. Pegou o celular e olhou as horas: quase onze. Agora sabia onde estava e o quanto estava encrencado. Examinou melhor o celular e viu o ícone do modo silencioso. Merda! Levantou-se, vestiu-se, não escovou os dentes, nem penteou os cabelos. Saiu do quarto quase correndo.

Em vez de tomar o elevador, desceu as escadas. Chegou ao balcão esbaforido. Penélope deu bom dia e sorriu para ele, mas não recebeu um sorriso de volta,

"Ontem à noite, pedi o despertar para as sete horas. O telefone não tocou, e eu perdi um compromisso importante."

Penélope pareceu legitimamente consternada.

"Perdão, senhor Drummond. Vou verificar a lista dos pedidos de despertar."

Penélope virou-se e examinou um papel nos fundos do balcão. Quando voltou, exibiu um sorriso de pesar:

"Infelizmente, não consta qualquer pedido do quarto número 9."

"Mas eu liguei!"

"A moça que trabalha aqui à noite é um pouco avoada."

"Mas era a senhorita que estava aqui ontem à noite."

"Eu trabalhei até as oito. O senhor ligou antes desse horário?"

"Não sei. Quer dizer, acho que foi um pouco depois."

"Mil perdões, senhor Drummond. Não vai acontecer novamente."

Hugo sentiu uma mão sobre o seu ombro. Virou-se. Era Petersen, que agora usava uma bata cinza até os joelhos, fechada por uma longa fileira de pequenos botões pretos. Hugo, por um instante, chegou a desconfiar que não era Petersen, pois a pele de seu rosto estava mais escura, amarronzada, os olhos pareciam menores e mais rasgados para os lados, e o cabelo era quase preto. Era uma versão mourisca de Petersen. O sorriso, contudo, permanecia o mesmo.

"Como vai, meu amigo? E a dor? E a febre?"

"Estou bem. Sem dor e sem febre. Mas perdi o horário da reunião com o produtor belga."

Petersen conduziu Hugo para longe do balcão, como se quisesse ter mais privacidade para falar.

"Não falou com o Baginski? Ótimo! Não perdeu nada. Aquele ali eu conheço bem: é um grande enrolador. Não tem dinheiro nenhum. E nunca produziu um filme decente. Diz que ajudou os irmãos Dardenne quando eles começaram, mas todo mundo sabe que é mentira. Já perguntei pro Luc e pro Jean-Pierre, e eles nem sabem quem é esse Baginski. Enfim, se tu dormiu, fez a coisa certa. O importante é que a febre passou. E a picada? Não sentiu mais dor nenhuma? Que espetáculo! O bicho era grande, mas as minhas pílulas são superpoderosas!"

"Eu tô bem."

"Ótimo. Então vamos almoçar juntos. Uma coisa leve. Conheço um restaurante árabe muito bom, de uma família libanesa, os donos são simpaticíssimos. E as esfihas são divinas!"

"Obrigado. Mas tenho que descansar um pouco e me preparar para a reunião das duas."

Petersen fixou o olhar no rosto de Hugo, fez cara de espanto e disse:

"Meu amigo, já notou que os teus olhos estão um pouco amarelados?"

"Não."

"É bom observar melhor. Pode ser sintoma de uma infecção. Ontem à noite pesquisei um pouco sobre besouros e acho que um deles pode ser o que vi no teu quarto: o besouro-escorpião. A forma, a cor... pode ser que sim, pode ser que não. Ele tinha antenas bem compridas, um corpo cinza com detalhes em preto e uma faixa marrom. O interessante é que cada pessoa reage de uma maneira diferente ao veneno. Seria interessante examinar a região da picada. Sou experiente em acidentes desse tipo. Dou uma olhada rápida e depois te deixo em paz. Nem falo mais no assunto."

"Não precisa", disse Hugo. "Não senti mais dor."

"Tá bem, se tu acha que é tudo uma bobagem da minha parte... Tu deve estar me achando um chato. Eu compreendo."

"Não. De jeito nenhum."

"Nos vemos por aí."

Petersen deu meia-volta e caminhou na direção do elevador. Hugo foi atrás dele e disse:

"Desculpa. Eu fui grosseiro. Aquelas pílulas foram milagrosas."

Petersen parou e sussurrou, com um sorriso que não pretendia ser malicioso, mas acabou sendo:

"O milagre veio das pílulas, mas a Irma também ajudou. Ou estou enganado?"

"A Irma... foi muito prestativa", disse Hugo, vacilante, sem saber se devia demonstrar alguma indignação.

"Ela sempre é. A Irma é uma profissional no melhor sentido do termo. E uma profissional do cinema sempre é, inevitavelmente, uma profissional da vida. Sabe tudo! É ou não é?"

Mais uma vez, Hugo titubeou antes de responder. Acabou não respondendo, e Petersen continuou:

"Vai descansar, meu amigo. Toma um banho quente. Se precisar de mim, é só chamar."

No espelho do banheiro de seu quarto, Hugo examinou os olhos, ou melhor, o branco dos olhos, ou melhor, o branco meio amarelado dos olhos. Mas a lâmpada do banheiro era incandescente, de modo que eles só podiam ficar daquele jeito. Apagou a luz e usou a lanterna do celular para uma nova verificação, desta vez com uma luz fria. Eureka! Agora estavam brancos. Passou a mão na nuca, procurando um ponto mais sensível. Nada. Petersen estava brincando com ele. Uma brincadeira sem graça. Pensou em manter certa distância daquele sujeito.

Começou um banho longo, com água bem quente e abundante. Era um luxo que não conhecera até casar-se com Virgínia. Ouviu batidas na porta, primeiro tímidas, depois bem fortes. Saiu do box irritado e gritou que já ia atender. Vestiu-se apressadamente e abriu a porta. Era Penélope.

"Senhor Drummond, peço desculpas. Liguei várias vezes sem resposta. Então achei melhor vir pessoalmente. Acontece que o senhor José Reinoso acaba de cancelar o encontro das quatorze horas. A esposa dele sofreu um pequeno acidente doméstico e ele terá que retornar a Buenos Aires imediatamente. Pediu escusas."

"Entendi", disse Hugo. "Será que a senhorita não conseguiria aproveitar pra remarcar a reunião com o produtor da Bélgica?"

"O senhor Baginski acaba de sair para um passeio de barco no Guaíba. É uma pena. Mas o encontro com o senhor Joseph Reynolds está confirmadíssimo para as quatro da tarde."

Petersen surgiu magicamente às costas de Penélope, com os cabelos estranhamente mais curtos que alguns minutos atrás. Usava um quimono bem comprido amarrado na cintura, de tecido leve e escuro, com uma graciosa estampa dourada na lapela.

"Vi quando o Reinoso saiu, todo nervoso", disse Petersen. "Ele me contou que a esposa subiu num banquinho pra trocar a lâmpada, caiu e quebrou o braço. Uma bobagem, ele nem precisava voltar. Isso nos dá tempo para um almoço. Como o amigo está se sentindo?"

"Estou bem."

Petersen olhou para Penélope e disse:

"Minha querida, podes voltar para teu posto de trabalho."

A recepcionista deu um último sorriso para Hugo e saiu. Petersen voltou à carga:

"Voltamos antes das três, eu garanto. Vamos?"

Hugo não queria ir. Estava prestes a declinar o convite, mas

Petersen disse, em voz baixa:

"Eu já fiz negócios com o Reynolds. Gostaria de te explicar duas ou três coisas sobre o modo como ele atua. Só para que o amigo não fique desprevenido. E a Irma sabe muito sobre como Hollywood funciona. Ela tem informações preciosas, pode acreditar."

Hugo estava achando aquela conversa confusa, queria livrar-se de Petersen. Abriu a boca para falar, mas o produtor olhou para o lado e disse, agora em voz alta:

"Não é, Irma?"

Hugo inclinou levemente o corpo para a frente e viu Irma, quase encostada na parede do corredor, uns quatro metros à direita, com uma roupa definitivamente japonesa. Seus cabelos, arranjados num coque redondo sobre a nuca, estavam presos por dois pauzinhos atravessados. Hugo imediatamente lembrou de uma atriz muito linda cujo nome lhe escapava, de um diretor de nome esquisito, Wong alguma coisa. Irma não respondeu a Petersen. Apenas abanou rapidamente para Hugo, que abanou de volta.

"E então? Vamos?", insistiu Petersen.

"Vamos", disse Hugo. "Eu vou terminar de me arrumar". Hugo achou estranho ter dito aquilo. Mas disse, era obrigado a admitir, e seria muito indelicado voltar atrás.

No táxi, Petersen sentou ao lado do motorista, enquanto Hugo e Irma ficaram no banco de trás. Hugo sentiu um leve odor de patchouli, que sem dúvida vinha de Irma. Porém, ela parecia distante e manteve o rosto sempre virado para a janela. Petersen deu indicações precisas e, em pouco mais de dez minutos, estavam entrando numa casa branca, com um pequeno tanque no pátio, em que nadavam peixes dourados. Petersen fez a porta de madeira correr para o lado com desenvoltura e disse:

"Bem-vindo ao Sakae's, meu amigo. Nem em Tóquio vais encontrar um kappamaki tão bom." Fez uma mesura, que devia funcionar como um convite para entrar, e completou:

"Okaerinasai."

14

Virgínia ensinara Hugo a gostar de comida japonesa, o que levou certo tempo, mas o casal costumava acompanhar sushis e sashimis com cerveja. Hugo achava que era uma combinação bastante satisfatória. No entanto, Petersen decretou, mesmo antes da consulta aos cardápios, que a única bebida possível a ser pedida no Sakae's era saquê. Era uma questão de respeito à cultura local.

Assim, logo chegaram à mesa três caixinhas pretas e vermelhas de bordas largas, sobre pequenos pires, e recipientes com sal. A garçonete serviu saquê gelado até as caixas transbordarem um pouco. Petersen ensinou Hugo a colocar sal na borda da caixa e levá-la cuidadosamente à boca, coisa que Irma fazia com absoluta precisão. No começo, Hugo derramou um pouco da bebida. Quando as exóticas entradas chegaram, contudo, já demonstrava certa prática. Nunca tomara saquê e estava gostando. Parecia ser uma bebida leve, fácil de tomar, e que combinava muito bem com os diversos pratos que apareciam na mesa.

Ao contrário do que Hugo temia, Petersen não propôs assuntos desagradáveis. Contou histórias engraçadas sobre os filmes que produzira, às vezes pedindo a Irma para acrescentar algum detalhe, enquanto Hugo respondia a perguntas sobre o processo de realização de O Russo. Quanto mais saquê tomava, mais gostava da comida, da bebida, e com mais desenvoltura falava sobre as trapalhadas da jovem equipe de seu primeiro filme com a máquina de fumaça que gerava o nevoeiro. Quando tentou definir a música composta pelo primo de Maralúcia, da banda nova-petropolitana Os Máximos, todos riram muito, e Petersen chegou a derramar algumas lágrimas, pelas quais pediu desculpas. Irma passou um guardanapo para Petersen secar os olhos. O produtor ergueu a mão, pedindo mais uma rodada de saquê, e, ainda com o guardanapo na mão, disse para Hugo:

"Todo filme de horror ou suspense precisa sempre de duas coisas: um pouco de sexo e uma pitada de humor."

"Concordo", disse Hugo, sem pensar se concordava ou não. Naquele momento, estava entretido com a extrema habilidade com que Irma manipulava os hashis. E com a própria Irma. Petersen seguia falando:

"Excelente, meu amigo! Por isso, pra deixar perfeita tua história sobre o pianista decadente que tá fazendo seu último show, falta apenas o humor. Sexo já tem de sobra. Quem sabe uma pequena mudança no final? Em vez do cara morrer, ele toca para o bar vazio mesmo, com a tal Elke fazendo backing, e um músico jovem e talentoso que tá passando na rua ouve a música, adora e entra pra falar com ele, e esse sujeito se apaixona pela Elke. Vira um aliado e um competidor ao mesmo tempo. Seria engraçado. Aí a história pode até virar um longa. Que tal?"

A nuvem de álcool que passeava sorrateiramente pela cabeça de Hugo impediu que ele percebesse logo o que Petersen estava dizendo. Na verdade, isso só aconteceu quando Hugo notou que a expressão de Irma mudou radicalmente. Até aquele momento, ela falara pouco, mas parecia divertir-se. De repente, seu semblante ficou muito sério e ela passou a olhar para Petersen como se quisesse matá-lo. Confuso, Hugo fechou os olhos, fazendo um grande esforço para juntar as últimas palavras de Petersen e dar-lhes um sentido. Quando isso aconteceu, olhou outra vez para Irma, totalmente desorientado, e sacudiu a cabeça, tentando recuperar o domínio de sua mente entorpecida. Levantou a mão, como se fosse um guarda de trânsito interrompendo o fluxo dos carros numa esquina, e disse:

"Como tu conhece essa história?"

"A Irma me contou hoje de manhã", respondeu Petersen, sem demonstrar qualquer constrangimento.

Hugo virou-se para Irma.

"E como *tu* conhece essa história?"
Irma, ainda muito séria, sustentou o olhar de Hugo e respondeu:
"Tu me contou, ontem à noite, depois que te dei o antitérmico."
"Não lembro de ter contado história alguma."
"Mas contou. E não pediu segredo. Pelo contrário. Disse que queria muito desenvolver essa ideia. Eu gostei do enredo, dos personagens e não resisti: contei pro Petersen."
"E fez muito bem!", atalhou Petersen. "A história tem potencial. Quer saber minha opinião? É muito melhor que O Filho do Russo. Claro, desse filme só li a sinopse que está no catálogo do encontro, e essa continuação pode ser uma grande sacada comercial, mas não tem o frescor dessa nova história. Aliás, já pensou num título? A Irma pensou, e eu gostei bastante: Fá. Assim mesmo: Fá. Apenas a nota musical. Que tal?"
Hugo, que baixara a mão lentamente, conseguiu apenas dizer: "Preciso ir no banheiro. Onde fica?"
Petersen apontou para uma porta nos fundos do restaurante, e Hugo caminhou devagar para lá. Antes de entrar, olhou para trás e viu que Irma e Petersen se encaravam. Ele, sorridente; ela, furiosa.
No pequeno lavabo, Hugo passou bastante água no rosto, sem importar-se com os respingos na roupa. Pressionou os pulsos contra as têmporas, tentando acionar as lembranças da noite passada. Ou Irma estava mentindo, ou ele apagara muita coisa de sua memória. As duas possibilidades eram péssimas. Ouviu batidas na porta. Em seguida, Irma entrou rapidamente e fechou a porta atrás de si, tomando o cuidado de trancá-la com a chave. Havia pouco espaço entre eles.
"Eu sei que não tenho desculpa", disse Irma. "Por isso, nem vou pedir. Mas quero explicar o que aconteceu. Tenho uma patologia comportamental desde criança. Uma curiosidade absurda, que tento dominar, mas nem sempre consigo. Não sou curiosa por qualquer coisa, ou seria uma louca varrida. O que desperta meu problema é uma história inacabada. Eu preciso saber o final. Isso tem até um nome

bonito: epistemofilia. O que aconteceu, porém, não é nem um pouco bonito."

Hugo fez menção de falar alguma coisa, mas Irma o impediu:

"Deixa eu terminar, depois tu fala o que quiser. Enquanto examinava a picada na tua nuca, vi o caderno azul aberto e consegui ler uma frase inteira, que parecia ser o começo de uma história. Comentei alguma coisa, e tu rapidamente fechou o caderno e baixou a tampa do computador. Esse foi o gatilho para o meu comportamento absurdo. Depois que tu dormiu, não resisti: peguei o caderno e li tuas últimas anotações."

Irma fez uma pequena pausa, respirou fundo e continuou:

"E ainda xeretei no teu computador até achar a pasta de roteiros. Comecei a ler O Filho do Russo, porque ali também havia um novo final para uma história que eu já conhecia. Sinto muito. Hoje de manhã, durante o café, eu estava me sentindo mal. Muito mal. Pensei que a única maneira de tentar minimizar meu erro seria contribuindo para te ajudar de alguma maneira, e contei a história do pianista pro Petersen, mentindo que tu gostaria de filmar aquilo algum dia. Foi isso. Quando voltarmos ao hotel, vou pegar minhas coisas e ir embora. Foi um prazer te conhecer. Mesmo."

Irma começou a virar-se, mas Hugo pegou seu braço.

"Espera. Eu tenho que te contar uma coisa."

"O quê?"

"O que tu leu no caderno são sonhos. Só sonhos. Não tem nada de mais ali. É uma mania que eu tenho há muito tempo, desde a adolescência."

"Mas são coisas íntimas, tuas, eu não tinha o menor direito. E ainda li o teu novo roteiro no computador, O Filho do Russo, e…"

"Aquela merda!", cortou Hugo.

Irma ficou confusa.

"Eu detesto aquele roteiro", continuou Hugo. "Por mim, jogava no lixo. É inacreditável que tenha ganho um edital."

"Mas…"

"Tu não pode ir embora. Eu vou confirmar pro Petersen que te contei a história. Se tu quiser, digo também que te passei o

roteiro do longa."
"Não tô entendendo."
"Nem eu."
Pela primeira vez, Irma parecia desconcertada, quase indefesa. Disse, em voz baixa:
"De qualquer maneira, obrigado."
Então deu um passo à frente e beijou Hugo. Um beijo rápido, quase pudico, no rosto. Ele não reagiu. Irma olhou para baixo, constrangida.
"Mais um erro. Desculpa."
"Não te desculpo", disse Hugo.
E desta vez ele tomou a iniciativa.

15

Voltaram para o antigo Hotel Majestic pouco antes das três da tarde. Hugo foi direto para seu quarto. Escovou os dentes com força, machucando as gengivas. O sabor dos lábios de Irma não desapareceu. A bebedeira ia passando, e o arrependimento chegando. Não era nada de mais, apenas um beijo. Um beijo bom, não podia negar, mas nada além de um descontrole momentâneo, sem consequências futuras. Em breve esqueceria o que aconteceu. Dentro de uma hora, começaria a reunião com o produtor americano e precisava estar em forma. Abriu o notebook e revisou a apresentação. Sabia de cor cada página. Tinha treinado com Virgínia todas as frases em inglês que diria ao vivo. Agora era ficar calmo, relaxar, deixar o resto do saquê evaporar de sua mente, quem sabe deitar um pouco na cama.

Não. Era perigoso. E se dormisse? Decidiu falar com a esposa. Claro que o pior de tudo era a culpa. Depois de Virgínia, nunca mais se aproximara de outra mulher.

Ela atendeu ao chamado quase instantaneamente. Estava na sala, maquiada e vestida com elegância. Hugo achou que estava elegante demais.

"Tá bonita", disse Hugo.

"Obrigada, querido."

"Vai sair?"

"Não. Por quê?"

"Por nada."

"Tenho um call com o Jean-Paul daqui a pouco."

"Eu tô atrapalhando? Posso ligar mais tarde, depois da minha reunião."

"Não precisa. Como foi com o belga?"

"Tudo bem."
"Ele gostou do projeto?"
"Acho que sim."
"E o argentino?"
"Não sei se gostou." Hugo fez uma pequena pausa. "Disse que terror não era muito a praia dele."
Virgínia fez cara de quem não entendeu.
"Ele disse que não gosta de filmes de terror?"
"Isso."
"Ué! No currículo dele têm vários. Olhei no IMDB hoje de manhã. Achei que ele ia adorar o projeto."
"Talvez eu não tenha entendido. No meio da conversa, ele preferiu trocar do inglês pro castelhano."
"Ah... E hoje tem o americano."
"Daqui a meia hora."
"Lembra de não comentar nada sobre política. O Trump não existe, certo? Se ele disser que existe, tu não tem opinião formada sobre ele. O Jean-Paul avisou pra não entrar em polêmica com o sujeito. Nós queremos grana. Não importa o que ele acha do Obamacare, certo?"

Hugo demorou a falar. O que Trump e Obama tinham a ver com um projeto de um filme de terror brasileiro? Finalmente, disse:

"Certo. Não tenho opinião sobre nada. Como sempre."

Virgínia inclinou-se um pouco para a frente, como se quisesse ver Hugo mais de perto.

"Tu tá estranho, Hugo."
"Eu?"
"É. Aconteceu alguma coisa?"
"Não. O que podia ter acontecido?"
"Ontem tu interrompeu nossa conversa quando ela tava começando a ficar boa."
"Bateram na porta, e eu fiquei nervoso."
"Podia ter ligado de volta mais tarde. Ou pelo menos ter mandado uma mensagem."

"Eu tentei várias vezes, mas a rede wifi tava uma bosta. Desculpe."
"Tu não mente muito bem, Hugo."
"Como?"
"Tô brincando. Por acaso tu já viu a produtora italiana?"
"Não."
"Tem certeza?"
"A reunião é só amanhã de manhã."
"Eu pesquisei sobre ela. E vi umas fotos. Te cuida."
"Cuidar o quê?"
"Não gostei dela. Plásticas demais. E decote demais."
"Meio vulgar?"
"Meio? Tu vai ver." Virgínia olhou pro lado. "Tá na hora do call. Falamos depois."
"Tá bem. Te amo."

A imagem de Virgínia desapareceu da tela. Hugo olhou pro relógio do computador. Quinze pras quatro. Decidiu ir logo pra sala onde aconteceria a reunião. Quando ia desligar o notebook, entrou uma chamada de vídeo. Hugo clicou o ícone da câmera. Irma estava olhando pra ele. Não era mais a Irma japonesa, e sim a Irma etnicamente indefinível, em sua mistura oriental e indígena. Estava abatida, triste, talvez tivesse chorado há pouco.

"Eu sei da tua reunião. Vou ser muito breve. Já avisei pro Petersen que estou indo embora. Só queria dizer adeus."

"Não faz isso. Esquece o caderno. Esquece o roteiro. Não me importo."

"Mas eu me importo. Fiz uma besteira atrás da outra. E também tô cansada de trabalhar pro Petersen. Talvez até seja bom. O mundo do cinema é pequeno. Nos vemos um dia. Ou nos encontramos em algum sonho do caderno azul. Tchau."

Irma estendeu a mão para encerrar a chamada, mas Hugo falou:

"Espera! Eu tenho que te contar uma coisa."
"O quê?"
"Uma história."

"Não adianta..."

"Estou numa loja de luminárias num país estrangeiro. Uma mulher jovem que não conheço pede que eu leve um lustre grande, com seis braços, para o hotel em que ela está hospedada. Eu recuso. Ela diz que é atriz e está atrasada para um teste de elenco importante. Pede outra vez. Parece desesperada. Eu fico curioso: pra que filme ela vai ser testada? Ela é bonita, gostaria de assistir ao teste. Ela está com aquele lustre na mão, olhando pra mim."

"E então?"

"Sei lá. Não lembro direito. Talvez tenha mais alguma coisa no caderno azul."

Irma sorriu, ainda triste, e disse:

"Pensa que é assim tão fácil?", ela perguntou, mas dessa vez depois não veio o riso, apenas "Tchau, Hugo."

A imagem de Irma desapareceu da tela. Hugo sentiu um alívio: as coisas voltariam ao normal. Depois sentiu uma imensa frustração: as coisas voltariam ao normal.

Já com a sacola do notebook no ombro e a mão sobre o trinco da porta, Hugo ouviu o barulho das rodinhas se aproximando. Tinha certeza de que era Irma. Estava certo. Em vez dele sair, ela entrou, puxando uma Samsonite pequena.

"Tu deve achar que sou louca."

"E tu deve achar que sou péssimo roteirista."

"Só me diz uma coisa: por que o lustre tem seis braços?"

"Não sei. Talvez seja uma memória da infância."

"O que acontece? Ele aceita levar o lustre?"

"Tenho que olhar no caderno."

"Não dá tempo. Inventa alguma coisa."

"É um sonho. Não inventei nada. Nem sei se essa história tem um fim. Quer saber? Lembrei dela justamente porque não tem fim."

"Tá bom. Quando tiver, me manda uma mensagem. Foi um prazer."

Irma deu as costas para Hugo. Ia sair. Mas, de repente, seu

rosto ficou lívido.

"Não tô me sentindo bem."

Irma apoiou todo seu peso na alça da mala, que rodou pro lado rapidamente. Desequilibrada, Irma caiu no chão. Hugo ajoelhou-se ao lado dela.

"Irma! Irma!"

Irma estava de olhos fechados, parecia inconsciente. Hugo correu até o telefone e discou.

"Por favor, pede pro senhor Petersen vir com urgência para o quarto 9."

"Não precisa", murmurou Irma. "Eu vou ficar bem. É só pressão baixa."

Hugo ajudou Irma a levantar-se. Ela parecia prestes a desabar outra vez. Hugo a conduziu até a cama. Ela sentou.

"Me consegue um pouco de sal?"

"Claro."

Hugo usou o telefone outra vez e pediu sal para a recepção. Petersen entrou no quarto. Estava agitado. Foi direto até a cama e examinou os olhos de Irma.

"O besouro também te picou!", disse Petersen. "Teus olhos tão amarelos."

"Não", disse Irma, irritada.

"Eu tenho uma reunião agora", disse o produtor. Olhou para Hugo: "Tu pode cuidar dela?"

"Não precisa", disse Irma. "O Hugo também tem uma reunião."

"Vou dar um jeito", disse o produtor. E saiu.

"Hugo", chamou Irma. "Os meus olhos tão mesmo amarelos?"

Hugo sentou na cama. Observou os olhos de Irma atentamente.

"Talvez um pouco."

"Os teus também. Deixa eu ver a tua nuca."

"Não tem nada na minha nuca."

"Deixa eu ver!"

Ele virou-se. Irma estendeu as mãos e afastou os cabelos de Hugo.

O caderno dos sonhos de Hugo Drummond

"Tem uma mancha aqui. Quer que eu tire uma foto pra tu ver?"
"Quero."
"Alcança a minha bolsa. Tá ali no chão."
Hugo entregou a bolsa para Irma. Ela pegou seu celular e tirou uma foto bem perto da nuca de Hugo. Apertou alguns botões e virou para ele a tela do celular. Ele viu uma mancha vermelha bem evidente entre cabelos escuros.
"Vou te dar mais um remédio."
"Eu não tô sentindo nada."
"Tu tem uma reunião importante agora. Melhor prevenir. Não custa."
Irma abriu a bolsa outra vez, pegou um vidrinho e tirou um comprimido laranja de dentro.
"Toma. Por favor."
Hugo foi pro banheiro. Enquanto engolia o comprimido com um gole de água da torneira, ouviu a porta abrindo e som de passos. Saiu do banheiro. Penélope estava sentada na cama, colocando um pouco de sal na própria mão. Irma olhou para Hugo e sorriu.
"Ela veio nos salvar."
"Eu tenho um curso de primeiros socorros, porque já fui aeromoça", disse Penélope.
Irma inclinou-se e lambeu o sal na mão de Penélope. A recepcionista olhou para Hugo e disse:
"Vai querer também?"
Hugo ficou calado. Estava confuso.
"Obrigado. Eu tenho uma reunião agora."
"A Irma me disse que vocês dois foram picados por um besouro. Que coisa! Nunca vi besouros por aqui."
"Eu tô bem."
"E esses olhos amarelos?"
"Bobagem."
"Senta aqui. Vamos tirar a febre."
Hugo sentiu uma leve tontura. Era melhor obedecer. Sentou entre as duas garotas. A tontura aumentou.

"Acho que tomei saquê demais", disse Hugo.
"Descansa", sugeriu Irma.
"Eu falo com o americano", disse Penélope. "Acabo de ver o cara sentado na recepção, esperando por ti. Peço pra atrasar a reunião por meia hora. Ele vai entender. Não tem mais nada agendado pra hoje."
"Tem certeza?"
"Tenho. Vai dar tudo certo."
"Deita", ordenou Irma.
Hugo deitou-se devagar.
"Fecha os olhos."
Hugo fechou. As duas mulheres inclinaram-se sobre ele. Irma prometeu:
"Nós vamos cuidar de ti."

16

Estou no quarto 9, sentado numa das poltronas, que agora está bem perto da cama. Virgínia está na outra poltrona, ao meu lado, com o vestido longo azul-escuro que usou em Cannes. A iluminação do quarto mudou. As janelas estão fechadas, e predomina um tom dourado meio teatral. Pequenos pontos coloridos de luz começam a girar pelo quarto. Levanto a cabeça e vejo um globo coberto por pequenos espelhos girando onde antes estava o lustre. Na cama, bem à nossa frente, estão Irma e Penélope, olhando-se languidamente, ambas vestindo cópias perfeitas do figurino sensual que Virgínia usara no dia anterior, quando nossa ligação de vídeo foi interrompida bruscamente: corpetes, meias sete oitavos e scarpins pretos com saltos altíssimos. Percebo então que estou de smoking. E tenho doze anos, no máximo. O smoking é grande demais para mim: as mangas escondem minhas mãos, e as calças escondem meus pés. Uma música eletrônica lenta vem da tevê, onde rolam aquelas animações de fractais que estavam na moda nos anos oitenta. Irma e Penélope beijam-se.

"Ridículo", diz Virgínia. "É uma cena totalmente fetichista, voyerista, machista, absurda, que vai acabar com a tua carreira. Tu enlouqueceu?"

Não sei o que responder. Sou uma criança.

"De onde tu tira essas coisas, Hugo? Já sei: daquele livro que tu tava lendo outro dia, Lesbians for Men. É uma vergonha tu gastar dinheiro com essas porcarias, essas coleções de clichês. Oitenta e um vírgula três por cento das histórias que envolvem alucinações sexuais escritas por homens têm esse lance das mulheres se agarrando. Tu podia ser mais criativo de vez em quando."

Continuo calado. Virgínia inclina-se um pouco para a frente. Irma e Penélope fazem a mesma coisa, espelhando o movimento de forma graciosa. Virgínia sorri.

"Elas são bonitas. Pelo menos isso. E têm bom gosto pra lingerie."

Percebo que, apesar de estar furiosa comigo, Virgínia não está braba com as duas garotas. Pelo contrário: sorri para elas, que estendem a mão, como se a convidassem para a cama.

"Hugo", diz Virgínia, "agora tá chique."

Ela vai para a cama. As três se acariciam e se beijam. Virgínia olha pra mim e diz:

"Se quiser participar, é só trazer o caderno azul."

De repente, não sou mais uma criança. Tenho meus trinta e três anos, e o smoking está perfeito. Como ela sabe sobre o caderno azul? Ninguém deveria saber nada sobre o caderno azul. Mas ele está no meu colo, e Virgínia está olhando pra ele.

"Vem aqui, querido", diz Virgínia.

Eu levanto devagar e vou pra a cama, com o caderno na mão. Deito e fico imóvel como um boneco, enquanto elas me abraçam e me beijam. Virgínia sussurra em meu ouvido:

"Me dá o caderno, Hugo."

Não quero entregar o caderno para Virgínia. Ela segura minha cabeça com as duas mãos e insiste:

"Se tu me der o caderno, pode fazer o que quiser com essas vadias."

Irma e Penélope afastam-se, ofendidas. Virgínia sorri e diz:

"Vamos lá, Hugo Drummond. Seja homem. Me dá o caderno!"

Ela solta minha cabeça e se abaixa para me beijar. Aproveito que estou livre, me ergo rapidamente e entrego o caderno para Irma. Virgínia me olha, alucinada. Segura um machado. O machado que a esposa do Russo usou para matá-lo. Virgínia ergue o machado. Cruzo os dois braços sobre minha cabeça, mas sei que é inútil. Todo meu corpo formiga e ferve. Vou morrer, vai ser doloroso. Acordo.

17

Irma teve que fazer muita força para afastar os braços de Hugo, que permaneciam erguidos, com os músculos em máxima tensão.

"Calma", disse Irma. "Foi só um sonho."

Com seu corpo em posição fetal, os olhos semicerrados, Hugo demorou a distinguir os contornos de Irma, vestida normalmente, debruçada sobre ele.

"Eu tenho a reunião com o americano", lembrou Hugo, tentando levantar, mas fraco demais para conseguir.

"Não te preocupa", disse Irma. "O Petersen entrou em contato com o Reynolds. Explicou que tu tava indisposto e quer remarcar pra amanhã. Ele aceitou. Acho melhor descansar mais um pouco. Tu tava com febre."

A imagem de Penélope e Irma juntas surgiu na mente de Hugo.

"A recepcionista não tava aqui?"

Irma faz cara de espanto.

"A Penélope? Tu deve ter sonhado."

Antes de Hugo conseguir dizer que certamente ela estava no sonho, a dúvida era em relação à vida real, pois Hugo lembrava que a recepcionista tinha ficado de falar com o americano, Petersen entrou no quarto sem bater. Estava sorridente, animado, quase exultante. Parecia mais jovem, com a pele bronzeada, calça sarja e camisa florida. Nem olhou para Irma e sequer conseguiu sentar.

"Hugo, meu amigo, se tu não estivesse à beira do túmulo, deveríamos abrir o melhor Pinot Noir do Coppola. Acho que temos um acordo com Hollywood."

"Acordo?"

"Uma coprodução com os gringos! Mas deixa eu te contar com calma. Acontece que a Irma pediu que eu falasse com o Reynolds pra explicar a tua situação, e ele foi bem compreensivo, aceitou numa boa. Como ele tava com a agenda livre, me convidou pra dar uma saída, queria conhecer melhor o centro da cidade. Levei ele direto pro Naval, no Mercado Público. Pedimos bolinhos de bacalhau e uma cachacinha premium e trocamos ideias sobre projetos, coisa e tal. Ele tava muito curioso sobre O Filho do Russo, mas não tinha visto o próprio Russo. Contei que era o filme de terror mais original da década, e que a continuação, com mais grana e o marketing correto, era produto pra distribuição mundial. Americano gosta disso, eles são imperialistas por natureza, o mundo é o quintal de Hollywood. Ele perguntou se já havia *seed money*, e eu disse que sim, que já tinha uma certa quantia aqui no Brasil, de um edital, e que com apenas mais alguns milhões de dólares já dava pra levantar a produção. Nessa altura, eu disse que a Santor Filmes conseguiria mais alguma coisa com o Canadá, e os olhos do Reynolds brilharam, e não foi por causa da cachaça, ele não tinha bebido tanto assim. Aí ele disse que, se fosse baixo orçamento, menos de vinte milhões de dólares, ele garantiria pelo menos a metade. Entendeu, Hugo? O cara garante dez milhões de dólares! Pra ele é troco. Ele quer investir em filmes de gênero com propostas originais. O Filho do Russo é exatamente isso! Que tal, meu amigo?"

"Mas", disse Hugo, "eu nem conheço esse cara."

"Todo mundo conhece, Hugo. Joseph Reynolds é figura carimbada. Respeitado no ramo. Pode pesquisar."

"Tá bem. E vou falar com ele amanhã, não é? A Irma disse que a nossa reunião foi remarcada, mas ainda não sei o horário."

Petersen inspirou o ar e sentou na cama.

"Nem te preocupa, meu amigo. Em breve teremos uma reunião com ele. Só que o Reynolds não vai ficar na cidade até amanhã. Como está praticamente certo que O Filho do Russo é o projeto escolhido, decidiu dar uma escapada até a serra. Ele quer conhecer o ambiente em que o filme vai ser produzido. A Penélope chamou um Uber e ele deve estar na estrada neste exato momento. Olha só o entusiasmo do cara!"

"Ele nem viu O Russo."

"Mas vai ver ainda hoje. Tu pode mandar um link pra ele?"

"Posso."

"Agora?"

"Pode ser."

"Ótimo. Aproveita pra mandar também o roteiro completo d'O Filho do Russo."

Hugo olhou para Irma, que parecia tensa. Petersen tirou um cartãozinho do bolso da calça e entregou-o para Hugo.

"Aí tá o e-mail."

Hugo examinou o cartão. Havia apenas o nome do produtor e um endereço comum de e-mail.

"Como é o nome da produtora dele?", perguntou Hugo.

"Deve ser Reynolds alguma coisa. Mas esse é um contato pessoal, muito mais adequado pra tratar de negócios importantes. Vai direto pra ele, sem intermediários."

Hugo olhou outra vez para Irma, que continuava tensa. Petersen percebeu a conexão entre os dois e virou-se para Irma, com a cara fechada.

"Tu me disse que ia embora imediatamente. Desistiu? Tá arrependida?"

"Tô indo. Só vim me despedir do Hugo."

Irma levantou-se e pegou a alça da mala. Olhou para Hugo, sorriu e disse:

"Sucesso."

Ela deu um passo na direção da porta, mas Hugo interveio, falando claramente na direção dela:

"Como é esse Reynolds?"

Irma parou de andar, mas permaneceu de costas.

"O que tu quer saber?", perguntou Petersen. "Eu conheço o Reynolds há anos, e nem sei se a Irma já viu o cara."

"Não foi ela que desmarcou a minha reunião? Como ele é, Irma? Alto, baixo, gordo, magro?"

Irma virou-se.

"Nos falamos por telefone. Não sei como ele é."

"É um americano padrão, Hugo", disse Petersen. "O que interessa é que ele tem muitas verdinhas pra investir. É simples: manda o link e o roteiro pra ele e garante dez milhões de dólares pro teu projeto."

"Mais alguma pergunta?", indagou Irma.

"Não", respondeu Hugo.

Irma virou-se e saiu, arrastando a mala. Hugo queria dizer alguma coisa antes que a porta fechasse, mas não conseguiu.

Petersen abriu um sorriso.

"É normal que tu fique meio confuso. Foi tudo muito rápido. Mas eu garanto: é assim que os melhores negócios funcionam nesse tipo de encontro. O cara bateu o olho no projeto e percebeu que é uma puta oportunidade. E, antes de assinar o contrato, é claro que tu vai conhecer o homem. Quem sabe até fazemos uma visita pra ele na Califórnia. E aproveitamos pra ir na vinícola do Coppola. É bem perto da casa do Reynolds. Que tal?"

"Parece bom", afirmou Hugo.

E depois não disse mais nada. Ficou olhando o cartãozinho, meio alienado de tudo em volta. Petersen levantou-se, ainda sorridente, e sugeriu:

"Faz o seguinte: fala com a Virgínia. Vê se ela acha que é uma boa mandar logo o roteiro."

"Virgínia?"

"Tua esposa. Tua sócia. A produtora d'O Russo. Lembra?"

Hugo piscou duas vezes.

"Não lembro de ter falado pra ti sobre a Virgínia."

Petersen riu.

"Ah... A velha amnésia do saquê! Tu não parou de falar sobre a Virgínia durante o almoço, meu amigo. Sei várias coisas interessantes sobre ela. É claro que a Virgínia precisa ir junto nessa viagem pra Califórnia. Já vi que, quando chega na hora dos números e das cláusulas, ela é que manda. É ou não é?"

Hugo sentiu os intestinos se contorcendo. Precisava ir ao banheiro com urgência. Levantou-se.

"Com licença."

Do banheiro, ouviu a voz de Petersen:

"Agora tu vai te sentir melhor. Vou deixar mais algumas pílulas milagrosas aqui em cima da cama. Descansa. Se precisar de mim, é só chamar." Fez uma pequena pausa. "Ela deve ter recebido uma oferta de emprego muito boa. Tinha um produtor da Holanda atrás dela faz tempo. Pena, mas acho que nunca mais veremos a Irma."

18

A conversa com Virgínia foi curta, burocrática, quase impessoal. Ela estava na sala, com uma camiseta branca, cabelos revoltos e sem maquiagem. Usou o celular e não se preocupou em enquadrar o próprio rosto direito. Hugo, no computador, via a esposa, mas não a sentia. Virgínia era um fantasma de Virgínia. Quando terminou de explicar sua dúvida quanto a enviar ou não o roteiro para o americano, dando o máximo de detalhes sobre as ações de Petersen e omitindo tudo quanto a Irma, Hugo percebeu que a explicação a entediara profundamente. Virgínia bocejou. Hugo ficou irritado.

"Querida, presta atenção, é urgente: mando ou não mando?"

"Manda."

"Tu sempre disse pra não mostrar pra ninguém, e agora quer que eu envie o roteiro pra um sujeito que nós nunca vimos."

"Tu tá aí pra quê? Pra conseguir dinheiro. O cara diz que pode botar dez milhões de dólares. É isso. O resto não interessa."

"E esse Petersen?"

"Que Petersen?"

"Acabo de te falar sobre o Petersen, o cara que eu conheci ontem. O da Santor Filmes, que tem uma ponte com uma produtora canadense."

"Ótimo. Eu acho o Canadá um país bem simpático."

"Pelo amor de Deus, Virgínia, tu tá bêbada? Olha o que tu tá falando."

"Eu, bêbada? Eu? E tu com essas olheiras, essa roupa toda amassada e essa cara de quem fez merda por aí. Cansei, Hugo. Tchau."

Virgínia encerrou a ligação, abandonando a tela do computador. Mesmo sentindo outra vez que seus intestinos se agitavam, Hugo pegou o cartão de Reynolds e abandonou o quarto.

Foi pela escada direto para a recepção. Penélope o recebeu com o sorriso perfeito de sempre, que Hugo não retribuiu. Ele falou com aspereza:
"O Petersen disse que tu chamou um Uber pro produtor americano."
Penélope parou de sorrir.
"Chamei, sim."
"Me passa o telefone dele."
"Do motorista do Uber?"
"Não. Do americano. Tenho que falar com ele. É urgente."
"Infelizmente, não posso fornecer informações pessoais dos nossos convidados."
"Eu tinha uma reunião com ele. É um assunto profissional."
"Quem sabe o senhor fala com o motorista do Uber?"
Hugo, exaltado, abriu os braços e quase gritou:
"Não quero saber de motorista. Vim aqui falar com produtores de cinema estrangeiros, e até agora não falei com nenhum."
"Amanhã o senhor tem uma reunião com a produtora italiana. Ela já confirmou. Chega hoje à noite."
"Me diz uma coisa: hoje, pelas três da tarde, tu foi no meu quarto e falou comigo, não falou? Disse que já foi aeromoça e sabia um pouco sobre primeiros socorros. E tirou a minha febre. Tu confirma? Isso aconteceu?"
"O senhor pode falar um pouco mais baixo?"
"Não! Cansei de ser enrolado nessa porra de evento."
Penélope fez um gesto discreto na direção da entrada do prédio, alertando um homem grande e forte, de terno escuro, que se aproximou do balcão sem que Hugo percebesse.
"O senhor deveria se acalmar", disse Penélope.
Hugo deu um pontapé no balcão. O segurança pegou o braço direito de Hugo e dobrou-o violentamente para trás, ao mesmo tempo que o imobilizava com uma gravata no pescoço.
"Calma!", ordenou o segurança.
Hugo tentou libertar-se, e o segurança aumentou a pressão no braço e no pescoço. Hugo sentiu falta de ar. Penélope saiu de

trás do balcão e disse para o segurança:

"Não precisa fazer isso."

"Precisa sim", respondeu o segurança. "O cara tá muito nervoso."

Petersen surgiu correndo, vindo do elevador, e intercedeu, olhando diretamente para o segurança:

"Eu me responsabilizo."

Petersen ficou bem na frente de Hugo e falou para ele, bem devagar:

"Meu amigo, muita calma nessa hora. Ele vai te soltar. Tu fica quieto e respira fundo, entendeu?"

Hugo conseguiu assentir com a cabeça.

"Solta ele", pediu Petersen para o segurança.

Hugo sentiu que a pressão diminuiu um pouco, mas continuava imobilizado.

"Se tu tentar alguma coisa, vai ser bem ruim pra ti", sussurrou o segurança. "Não tô brincando. Entendeu?"

"Entendi", conseguiu dizer Hugo.

O segurança libertou Hugo, que levou as mãos ao pescoço.

"Agora, vamos sair daqui", afirmou Petersen.

O produtor levou Hugo até o elevador, e os dois entraram. Saíram no sexto e último andar e caminharam até o bar, quase vazio àquela hora. Sentaram a uma mesa com uma bela vista para o Guaíba. O sol estava se pondo. Hugo ainda respirava ofegante. O garçom aproximou-se, e Petersen pediu uma água mineral e dois copos.

"Essas coisas acontecem, meu amigo. Eu sei como é. Viagens, fusos horários malucos, estresse... O nosso mundo é difícil. Mas tu vai te acostumar."

"Desculpe", disse Hugo. "E obrigado pela ajuda. Aquela moça na recepção me tirou do sério."

"É mesmo? Comigo ela sempre foi educadíssima."

"Não é esse o problema. Ela mentiu. Ou ela escondeu a verdade."

"Que verdade?"

"Ela e Irma são amigas? Ou já se conheciam antes desse evento?"
"Que eu saiba, não."
"Tá tudo meio confuso. E eu tô com dor de cabeça."
"Ainda são efeitos da picada do besouro. Não te preocupa. Já aconteceu comigo. Vai passar."
O garçom deixou a água sobre a mesa. Petersen fez Hugo tomar um copo bem cheio.
"Água faz bem", garantiu o produtor. "Amanhã tu tá novinho em folha."
Hugo olhou para o pôr do sol, respirou fundo e disse:
"Não mandei o roteiro pro americano."
"Por quê?"
"Prefiro falar com ele antes."
Petersen balançou levemente a cabeça, bateu na mesa com os nós dos dedos, ergueu o braço e fez um sinal para o garçom, pedindo a conta.
"Entendi. Entendi perfeitamente. Tu não confia em mim."
"Não. É que... não entendi direito qual é a proposta."
"Não se trata de uma proposta. As propostas, as percentagens, os contratos, tudo isso vem depois. Primeiro se trata de confiar nos parceiros. Acreditar que é possível trabalhar juntos. É mais intuição que razão."
O garçom apresentou a conta. Petersen abriu a carteira e deixou uma nota de dez reais sobre a mesa.
"Te desejo sorte, meu amigo."
"Nós temos uma reunião amanhã", lembrou Hugo.
"Não temos mais. Pra quê? Não vai dar certo. Vou cuidar do meu projeto. E avisar o Reynolds que não adianta ficar olhando locações e se ambientando com a serra. Ele é americano, não gosta de perder tempo."
Petersen levantou-se.
"Podemos conversar nós três, amanhã, com calma", propôs Hugo. "Fazemos um call, e o Reynolds participa de onde estiver."
"Tu tem a vida inteira pela frente. Tu é jovem, talentoso, fez

um filme bom e talvez um dia faça outro. Mas precisa aprender algumas coisas sobre o mundo do cinema. Até a próxima."

Hugo levantou-se e mostrou seu celular.

"Espera. Eu mando o roteiro agora mesmo. Eu tenho o arquivo aqui."

Petersen sorriu.

"Mudou de opinião? Por que tu agora confia em mim?"

"Porque... Não sei. Desculpa, antes eu tava nervoso. Eu falei com a Virgínia, e ela disse que eu devo mandar o roteiro."

Hugo pegou o cartãozinho de Reynolds e começou a copiar o endereço de e-mail no celular. Petersen ergueu as duas mãos e exclamou:

"Lembra, meu amigo, que combinamos uma coprodução de três empresas: a tua e da tua esposa, a do Reynolds e a minha."

Hugo parou de digitar e olhou para Petersen.

"Isso mesmo. Mas tem um detalhe."

"Que detalhe?"

"A Irma deve fazer parte do processo. Ela é uma excelente profissional."

Petersen sorriu.

"Agora é tarde. Vou te dar a real. Não tem produtor holandês nenhum. Ela se demitiu porque tava cansada de me aguentar."

"Sem a Irma, não tem negócio. Liga pra ela e diz que não aceita a demissão. E que ela precisa voltar imediatamente."

Os dois homens ficaram se encarando por um tempo. Petersen então pegou seu celular e abriu a lista de contatos.

"Tem certeza?", perguntou Petersen.

"Tenho."

"Então vamos lá, meu amigo."

Os dois homens voltaram a digitar.

19

Normalmente avesso a excessos, apenas uma vez, quando adolescente, Hugo bebera até cair. Acontecera numa festa no ginásio do Colégio Marista de Canela, em noite de chuva muito forte. Havia uma garrafa de rum, levada escondida por um colega mais velho, e, quando ela secou, um litrão de refrigerante com vinho branco de origem misteriosa tomou o seu lugar. Hugo estava chateado, pois Vanderléia e seus imensos olhos verdes recusaram seu convite para dançar. Então dançou sozinho, rodando sem parar, incentivado pelos amigos, até tropeçar no tripé que segurava uma das caixas do som mecânico e estatelar-se no piso de madeira. Nada de mais, a não ser por uma mancha roxa no cotovelo e uma ressaca terrível no dia seguinte.

Há poucas horas, o saquê do restaurante japonês o deixara tonto, provocando dor de cabeça durante toda aquela longa tarde, porém Petersen e Irma haviam garantido que a confusão mental e a letargia não vinham do álcool, e sim da ação deletéria da picada do tal besouro-escorpião. Hugo não sabia mais no quê, ou em quem, acreditar, mas isso, naquela altura, nem interessava tanto assim. Gostaria de esquecer a sequência de adiamentos de reuniões, conversas fracassadas, negociações confusas e, principalmente, adoraria esquecer o beijo em Irma. Ela não dera qualquer resposta às mensagens de Petersen solicitando seu retorno ao Majestic. Reynolds, por sua vez, agradecera o envio do link d'O Russo e do roteiro d'O Filho do Russo. O ubíquo produtor da Santor Filmes estava confiante e tentava arranjar um encontro do americano com Virgínia em Gramado.

Depois de recusar o convite de Petersen – que, salvo engano, passara um delineador sob os olhos, numa imitação de Antonio

Banderas — para comer uma paella num restaurante espanhol "muy original" que promovia pequenas apresentações de flamenco com garotas "muy hermosas", Hugo comprou uma garrafa de uísque (teoricamente vinda do Tennessee) num boteco perto do hotel e dedicou-se a tentar repetir a performance da festa no ginásio do Colégio Marista ouvindo no celular um rock dos seus tempos de adolescente, mas que já era bem velho naquela época. A banda se chamava Creedence Clearwater Revival e tinha uma levada um pouco caipira, bastante adequada para garotos canelenses em busca de fortes emoções. Hugo dançou, rodopiou, quase caiu no elegante piso de parquê, e preparava-se para mais um gole da garrafa do Velho Número 7 quando ouviu batidas na porta. Só podia ser Irma. Maravilhoso! Interrompeu a música no celular e tentou recompor-se: abotoou a camisa, escondeu a garrafa no banheiro, jogou água no rosto e finalmente abriu a porta.

Era Penélope. Estava sem uniforme e sem crachá. Estava também sem o sorriso perfeito. O cabelo Chanel, contudo, era o mesmo, e seu vestido, com uma estampa psicodélica dos anos sessenta, com certeza tinha sido comprado num brechó, assim como a bolsa pequena que levava pendurada no cotovelo do braço direito. Com um tom de tristeza na voz, ela disse:

"Senhor Drummond, vim me desculpar pelo que aconteceu."

"Eu é que peço desculpas. Estava transtornado e fui muito grosseiro."

"Nunca imaginei que o rapaz da segurança faria aquilo."

"Tu não tem culpa."

"Tenho. Devia ter resolvido tudo conversando. Preciso pensar nos motivos que me levaram ao erro, e por isso pedi uma semana de folga. O senhor não vai mais me encontrar na portaria."

"Isso é totalmente desnecessário. Vou falar com o gerente e explicar o que aconteceu."

"Por favor, não fala com ele. Já está tudo arranjado."

Penélope estendeu a mão e disse:

"Boa noite. Foi um prazer."

Hugo pegou a mão de Penélope e segurou-a. Sem soltá-la,

perguntou:

"Tu e a Irma são amigas? Ou já se conheciam antes do evento?"

Penélope soltou sua mão.

"Não."

"É que... Vocês parecem formar uma dupla, ou pelo menos parecem vir do mesmo lugar."

"Que lugar?"

"De um lugar meio fora da realidade."

"Não sei muita coisa sobre a Irma, mas ela me pareceu bem real."

"Claro, tem razão, eu tô sonhando."

Penélope arqueou as sobrancelhas finas.

"Sonhando? Agora?"

"Eu quis dizer... Imaginando."

"Ah. Vocês, cineastas, imaginam muita coisa."

Hugo levou a mão à nuca e fez uma cara de dor.

"O que foi?", perguntou Penélope.

"Nada."

"Ainda tá sentindo a picada?"

"Não sei. Devo estar só imaginando."

"Deixa eu olhar."

"Não precisa."

"Por favor. Já causei tanto incômodo. Assim posso me reabilitar um pouquinho."

Hugo deu um passo para trás, abrindo espaço para Penélope entrar no quarto. Ela colocou a bolsinha sobre o balcão da tevê e sorriu.

"Com licença", pediu. Foi para trás de Hugo e afastou os cabelos dele da nuca. "Aqui tem um ponto vermelho, mas é difícil dizer se é uma picada. Pode ser só um sinal. O senhor tem muitos sinais na pele?"

"Como assim?"

Penélope agora estava na frente de Hugo e sorria timidamente.

"Sinais. Podem ser pretos, marrons e às vezes são vermelhos. Como esse aqui."

Penélope levantou um pouco o braço esquerdo e mostrou um sinal avermelhado perto do cotovelo.

"Acho que tenho alguns nas costas", disse Hugo. "Por favor, não me chama mais de senhor."

"Tá bem. Agora eu tenho que ir." Mas Penélope não se mexeu. Parecia constrangida e titubeou antes de conseguir falar: "Desculpa, tô muito curiosa pra saber uma coisa."

"O que é?"

"Que música era aquela que tava tocando antes do senhor abrir a porta? Era linda, e eu nunca tinha ouvido antes."

Hugo sorriu, foi até o celular e recomeçou Have You Ever Seen the Rain?.

"É Creedence. Eu ouvia muito quando era guri."

Penélope começou a sacudir a cabeça ao ritmo da música. Hugo sorriu mais uma vez e disse:

"Essa música me traz muitas lembranças."

"Lembranças boas?"

"Boas e ruins."

"Quais são as boas?"

Hugo fez um sinal para Penélope esperar e entrou no banheiro. Logo voltou com a garrafa de Jack Daniel's na mão. Mostrou a garrafa para Penélope.

"Essas são as boas."

Hugo pegou um copo no balcão da tevê e serviu uma dose. Estendeu o copo para Penélope. Ela apenas olhou para o copo. Depois perguntou:

"E as ruins?"

Hugo tomou um gole da garrafa.

"As ruins, eu acabo de esquecer."

Penélope sorriu, pegou o copo e tomou um gole. Os dois corpos começaram a se movimentar na cadência da música, primeiro com movimentos discretos, quase imperceptíveis, que pouco a pouco foram se tornando mais claros, à medida que rodavam um ao redor do outro, continuavam a beber e a chuva ia ficando mais forte. Então Hugo aproximou-se de Penélope e sussurrou:

"Quer dançar comigo?"

Penélope riu.

"Nós já estamos dançando."

"É mesmo... Eu não tinha notado. Posso te dar um beijo?"

Penélope parou de dançar e ficou séria.

"Pode."

Hugo aproximou-se dela e beijou-a. Depois, no ritmo de Creedence e da chuva, que já molhava as cortinas de *voil*, os dois dançaram até a cama.

20

Estou no palco de um pequeno auditório. Olho para a plateia. Uma dúzia de homens e mulheres estão sentados nas cadeiras de madeira escura. Não os conheço. Os outros lugares estão vazios. Um jovem de barba longa e espessa, na segunda fila, diz:
"Como tu tem coragem de apresentar um projeto desses?"
"Que projeto?", pergunto, confuso.
"Essa porra aí na tela."
Olho para trás e vejo o que parece ser a cena de um filme. Num quarto do Majestic com decoração dos anos sessenta, um homem e uma mulher aproximam-se de uma cama, deitam-se e beijam-se. O homem sou eu. A mulher é Penélope.
"A tua maneira de lidar com o corpo é totalmente anacrônica", continua o jovem. "É inacreditável que um cineasta, nos dias de hoje, não faça o mínimo esforço pra disfarçar a objetificação das personagens femininas."
Uma mulher sentada no fundo da plateia, de quem não consigo ver o rosto, fala bem alto:
"Homem branco hetero! O que tu esperava?"
O jovem barbudo olha para trás e responde, meio irritado:
"Eu sou homem branco hetero, mas não sou um imbecil como esse cara. Eu jamais usaria a nudez desse jeito, sem qualquer justificativa na história."
Eu tento me defender:
"Essa *é* a história. Eles tavam dançando uma música do Creedence e..."
"Fica quieto", grita a mulher. Ela levanta-se e fala para todos os presentes: "Não pensem que eu sou moralista, ou que sou imune à beleza feminina. Mas ver na tela uma exposição tão

gratuita do corpo daquela mulher é algo que provoca constrangimento, não admiração."
"Exatamente", diz o jovem barbudo. "É uma cena repugnante. A atriz está sendo tratada como um pedaço atraente de carne."
"Mas... Ela nem ficou nua", tento argumentar.
Todos na plateia começam a rir. Olho para trás. Na tela, Penélope está nua.
"Tenho outros projetos", digo. "Nunca pensei em fazer uma cena como essa."
Mais risos. Um homem velho, gordo e careca, ergue a mão e fala, com certa autoridade:
"Deixem o rapaz falar!"
Os risos diminuem e depois cessam. Eu abro o caderno azul, que surgiu de repente nas minhas mãos, e leio:
"Um avião grande decola num ângulo de quase noventa graus. Ele voa bem e eleva-se no céu, mas passa muito perto de um outro avião, menor. Por um instante, parece que eles não se chocaram e está tudo bem, mas, logo depois, surge uma fumaça no avião maior e ele começa a cair."
Paro de falar. Uma moça no meio da plateia pergunta:
"E aí? O que acontece?"
"Ele cai, com um grande estrondo."
Silêncio total na plateia. Eu olho para trás. Na tela, um avião destroçado está pegando fogo.
"Tenho uma outra história. Posso contar?"
"Conta", diz o velho careca.
"Um guri de uns dezesseis anos está terminando o ensino médio. Ele tá apaixonado por uma colega, a Teodora. Numa aula sobre Física Quântica, a professora faz uma pergunta sobre o gato de Schrödinger. O guri, que é tímido e senta bem no fundo, sabe a resposta e levanta o dedo, pedindo permissão pra responder. Teodora, sentada duas fileiras à frente, percebe e sorri, encorajando o guri. Ela usa uma saia azul, com aberturas pronunciadas no tecido que permitem ao guri observar suas longas pernas. A professora não olha para o guri com o dedo levantado.

Ou olha e o ignora. Um outro aluno, sem pedir licença, responde à pergunta. O guri tímido baixa o dedo. Está triste. Teodora levanta-se e vai sentar-se na mesma cadeira do guri. Inevitavelmente, os dois corpos se encostam. O guri fica bem feliz."

Paro de falar. O silêncio continua. Alguém tosse.

"É isso. Acabou."

Olho para trás. Na tela, o mesmo guri do meu sonho com Virgínia, Irma e Penélope —portanto, sou eu, com uns doze anos, e não um guri de dezesseis — está sentado ao lado de uma garota bem mais velha, com uma longa saia azul com fendas pronunciadas.

"Chega!", diz o jovem barbudo.

"É demais! Pedofilia!", berra a moça sem rosto no fundo escuro do auditório.

Caminho até a beira do palco, tentando enxergar melhor o rosto da moça. É inútil. A luz forte de um refletor cega meus olhos. O caderno azul é arrancado das minhas mãos por alguém da plateia. Estendo os braços e dou um passo à frente, tentando recuperá-lo. Nada sustenta meu pé. Desequilibrado, caio do palco. Continuo caindo no vazio, cada vez mais rápido. Sei que vou bater no fundo e morrer. Meu corpo inteiro esquenta, depois ferve e começa a formigar. Acordo.

21

A chuva forte limpara a superfície dos paralelepípedos de granito rosa da Rua da Praia, na ponta oeste de cidade. Às sete da manhã as pedras brilhavam timidamente ao receber os primeiros raios de sol, que chegavam do leste de Porto Alegre, depois de passar por lugares que Hugo nem imaginava que existiam, como a Lomba do Pinheiro e o bairro Mário Quintana. Hugo, porém, como bom aluno do Colégio Marista de Canela, com certeza era capaz de lembrar a constituição do granito, que é igual em qualquer lugar do mundo: quartzo, feldspato e mica. E, quem sabe, poderia também supor que eram as pequenas lâminas de quartzo dos paralelepípedos, vigorosamente lavadas pela chuva noturna, que, vistas da janela do hotel, refletiam o sol nascente e davam a esperança de que aquele seria um dia menos sombrio e menos confuso.

Hugo, a exemplo dos paralelepípedos, gostaria de limpar da mente tudo que acontecera depois da compra da garrafa de uísque. Nesse tudo se incluíam fatos inquestionáveis, e não necessariamente desagradáveis, como a própria chuva, a bebedeira e a canção do Creedence (que permanecia registrada no visor do celular). Também eram inegáveis nesse tudo os terrores do sonho no auditório, com as acusações do jovem barbudo e da mulher com o rosto na escuridão, seguidas da queda sem fim rumo à morte. A parte intermediária do tudo, porém, era real demais para ser onírica, mas inverossímil demais para ser real. Hugo era incapaz de afirmar se Penélope realmente viera despedir-se dele, muito menos se dançara um velho rock'n'roll com ele, e muito menos ainda se transara com ele.

De pé junto à janela do seu quarto no Majestic, olhando paralelepípedos enquanto sua cabeça latejava, Hugo não conseguia nem decidir se *gostaria* que a visita de Penélope tivesse sido real ou não. Mas aquele era o último dia do evento e, em menos de duas horas, teria a sua última – e, curiosamente, também a primeira – chance de arrumar uma parceria internacional para O Filho do Russo, dando sequência à sua inesperada carreira de cineasta. Era preciso virar a chave, inverter as expectativas, retomar o controle do jogo. Desde que analisara, ao lado de Virgínia, a lista dos produtores que participariam do evento, achava que Sofia Antonelli era a opção mais provável, pois ela já mandara mensagens elogiando O Russo e dizendo que estava disposta a examinar seus novos projetos. Ele até aprendera algumas expressões em italiano para quebrar o gelo no início da reunião.

Hugo sacudiu a cabeça e decidiu enfrentar a situação com uma estratégia radical, que evitasse qualquer imprevisto. Tomou um banho, vestiu-se, ligou para a recepção e, sem dar tempo de ouvir a voz do outro lado da linha – que podia ou não ser de Penélope, assim como o gato de Schrödinger podia ou não estar morto – pediu uma garrafa térmica com café preto. Quando bateram na porta, disse que estava ocupado e que deixassem a térmica no chão. Aguardou alguns minutos, entreabriu a porta rapidamente e apanhou a garrafa. Tomou dois copos grandes de café e esperou até seu relógio de pulso (assim como o relógio do celular) marcar cinco para as nove. Então colocou a sacola do notebook no ombro, abriu a porta do quarto, desceu a escada e depois caminhou resolutamente até sala de reuniões. Teve que passar pela recepção, mas não olhou para a figura que estava atrás do balcão. A estratégia funcionou muito bem, e logo estava à frente de Sofia Antonelli, que abriu o mais lindo, caloroso e acolhedor sorriso de boas-vindas que Hugo já recebera desde que viera ao mundo, trinta e três anos atrás, na maternidade do hospital de Canela.

"Buongiorno", saudou ela.

"Buongiorno, come stai?", retribuiu Hugo.

"Per favore, siediti qui", disse Sofia, apontando para uma cadeira bem à sua frente.

O caderno dos sonhos de Hugo Drummond

Hugo sentou-se e tentou lembrar mais alguma coisa em italiano. Deveria ter pelo menos mais duas ou três expressões na ponta da língua. Mas sua boca ficou seca, e a língua travou. Para ganhar tempo, abriu a sacola, tirou o notebook e colocou-o em cima da mesa. Finalmente conseguiu dizer:
"Sorry, my Italian is over."
"No problem", disse ela, ainda bem sorridente.
A partir deste momento, deu tudo errado. Não um pouco errado. Muito errado. O computador demorou para ligar e, quando Hugo clicou sobre o ícone da apresentação, o arquivo não abriu. Ele tentou baixar uma cópia a partir da nuvem, mas a rede wifi não estava acessível. Pediu desculpas em italiano (lembrou da palavra "scusa") e em inglês (disse "sorry" dezessete vezes). O sorriso de Sofia ia minguando a cada "sorry". Hugo tentou acessar a apresentação através do celular, mas este também estava fora do ar. Procurou o pendrive de segurança na sacola do notebook. Fora colocado ali justamente para aquele tipo de emergência, mas ele sumira. Sofia sugeriu que ele simplesmente falasse do projeto, sem se preocupar tanto com apoios visuais. Ela até preferia. Queria ouvir sobre o filme, conhecer a história, saber dos personagens. Questões orçamentárias poderiam ser tratadas mais tarde. Enfim, ela tinha adorado O Russo e desconfiava que Hugo poderia, com condições técnicas profissionais, fazer um filme melhor ainda.

Hugo concordou, respirou fundo e preparou-se para a primeira frase em inglês. Ele tinha treinado aquilo com Virgínia infinitas vezes e podia ver em sua mente toda a apresentação criada no computador. Bastaria seguir o roteiro. Então sentiu uma dor aguda na nuca. Levantou o braço e passou o indicador da mão direita sobre o ponto nevrálgico. Sentiu alguma coisa molhada sob os cabelos. Quando olhou para o dedo, havia uma gosma vermelha sobre ele. Sofia não sorria mais. Olhava para o dedo de Hugo com espanto e, quem sabe, algum nojo. Perguntou se Hugo estava se sentindo mal. Hugo disse que não, que deveriam continuar conversando, porém a produtora não acreditou nele. Disse que ia procurar ajuda, levantou-se e saiu da sala. Hugo aproveitou para pegar o notebook e caminhou muito rápido, quase correndo, rumo ao seu quarto. Ao passar pela recepção, viu que Sofia estava falando com Penélope e gesticulando bastante.

"Senhor Drummond!", disse Penélope.

Ele continuou andando, com os olhos fixos no chão, subiu a escada e trancou-se no quarto 9. Foi até o banheiro e olhou-se no espelho. Passou outra vez o dedo na nuca. Desta vez, não sentiu qualquer umidade. Olhou para o dedo. Nem sinal da gosma vermelha. Ouviu batidas na porta, mas ignorou-as. Recolheu todos os seus pertences e colocou-os de qualquer jeito na mochila. As batidas ficaram mais insistentes. Gritou "Já vai!" e revisou o quarto, com medo de ter esquecido alguma coisa. Abriu o compartimento da mochila onde levava o caderno azul para certificar-se de que ele estava lá. Estava. Ficou mais tranquilo. Abriu o caderno. A tranquilidade acabou ao verificar que havia novas anotações, com a sua letra, mas que não lembrava de tê-las feito. Fechou o caderno. As batidas agora eram tão fortes que pareciam capazes de derrubar a porta. Foi até a janela. Pensou em sair por ali, usando o parapeito para alcançar um terraço próximo, mas não teve coragem. As batidas cessaram. Hugo encostou o ouvido na porta, tentando ouvir qualquer coisa. Silêncio absoluto. Então veio a voz feminina:

"Hugo, sou eu."

Com as mãos tremendo um pouco, abriu a porta até formar um pequeno vão e deparou-se com Irma. Deixou-a entrar e, sem qualquer aviso, abraçou-a com força. Ela não correspondeu; no entanto, não fez qualquer esforço para afastá-lo. Depois de um longo tempo, finalmente Hugo retirou as mãos das costas de Irma. Ela olhou para a mochila jogada no chão e para o quarto todo desarrumado.

"Tava indo embora?", perguntou.

Hugo ficou calado.

"Pediu que eu voltasse", continuou Irma, muito séria. "Exigiu que Petersen me chamasse, que me oferecesse o emprego de volta, que me ameaçasse com um processo por perdas e danos. Eu voltei. E tu tava indo embora."

"Não", protestou Hugo. "Eu ia esperar. Só queria sair desse quarto."

"Ia esperar onde?"

"Sei lá. Na recepção. Ou na rua."

Irma continuava muito séria.

"Hugo, eu não voltei por causa das ameaças do Petersen. Voltei porque ontem esqueci de te dar uma coisa."

Irma pegou um objeto pequeno na bolsa que levava no ombro e estendeu-o na direção de Hugo.

"Quando eu bisbilhotei os arquivos no teu computador, copiei tudo que parecia com um roteiro pra cá."

Hugo ficou olhando para o pendrive, mas não o pegou.

"Entendi", disse ele. "E também inutilizou o arquivo da apresentação e esculhambou todas as configurações de rede, pra impedir que eu acionasse a internet na reunião com a italiana."

Irma franziu a testa. Parecia cansada e irritada.

"Por que eu faria isso?", indagou ela.

"Porque é o teu trabalho. Ou era."

"Tu ainda não entendeu uma coisa, Hugo. Uma coisa importante. O que faço ou deixo de fazer é responsabilidade minha. Estar associada ao Petersen é uma questão estratégica. Ele nunca mandou em mim."

"Mas era o teu patrão. Tu não era uma funcionária da produtora dele?"

"Ele gosta de pensar assim. Acho até que acredita nisso. Eu não me importo. Tu achou o site da Santor Filmes?"

"Não."

"E nunca vai achar."

Irma abriu a mão de Hugo e fechou-a sobre o pendrive.

"Guarda isso."

"Tu leu os roteiros?"

"Li. Todos. Eu já te disse. Tenho um distúrbio grave. Preciso saber o final das histórias."

"Então... Qual é o sentido de voltar aqui pra me devolver o pendrive? Tu pode ter copiado os roteiros e..."

"Não copiei nada", cortou Irma.

"Tu gostou de algum?"

Irma ficou quieta.

"É importante pra mim", disse Hugo. "Por favor."

"Quer uma resposta honesta?"

"Quero."

"Gostei. Mas não passam de esboços. Teriam que ser trabalhados pra virar roteiros de verdade. São todos baseados nos manuscritos do caderno azul?"

"São."

"Eu desconfiava, mas não tinha certeza. Li o caderno muito rápido."

Os olhos de Hugo, de uma hora para outra, encheram-se de lágrimas.

"Eu sou uma fraude."

Hugo virou as costas para Irma e caminhou até a janela. Os paralelepípedos da Rua da Praia pareciam sujos e opacos.

"Nunca escrevi um roteiro meu de verdade. Só tenho os sonhos."

Virou-se para Irma.

"E tu sabe disso."

"Sei."

Os dois ficaram se olhando por um tempo difícil de medir. Os sinos da igreja das Dores tocaram muito alto. Hugo sentiu uma tontura e apoiou-se na parede. Irma aproximou-se dele. Segurou o braço de Hugo, temendo que caísse. Ele, tentando recuperar o equilíbrio, colocou a mão sobre o ombro de Irma. Então ouviram batidas na porta. Hugo respirou fundo, baixou o braço e disse:

"Eu tô bem, não te preocupa."

"Não quer sentar?"

"Não. Foi só um mal-estar. Tenho dormido mal. E pouco."

Hugo caminhou até a porta e a abriu. Era Penélope. Estava com o uniforme, o crachá e o sorriso perfeito. Não olhou para Irma, que estava logo atrás de Hugo. Ou olhou através de Irma, como se ela não estivesse lá.

"Senhor Drummond, está na hora da sua reunião", disse a recepcionista.

"Não tenho reunião nenhuma", disse Hugo.

"Tem sim", insistiu Penélope. "O senhor esqueceu? Está no programa."

"O evento acabou. Joguei fora o programa."

"Eu tenho uma cópia aqui."

Penélope entregou uma folha com uma lista de nomes, datas e horários, que parecia ser a mesma que Hugo recebera ao chegar ao Majestic, indicando os encontros com o belga Baginski, o argentino Reinoso, o americano Reynolds, a italiana Antonelli e o brasileiro Petersen. Penélope apontou para o fim da lista, onde Hugo leu: "11h – Sr. Andrade – Majestic Filmes – Spa."

"Isso não estava na lista", disse Hugo.

"Pode ter acontecido um problema de impressão. Peço desculpas. Mas o senhor Andrade está à sua espera no spa."

"Spa?"

"A sala de reuniões do térreo só estava disponível até às dez. Além disso, estamos com um problema na rede wifi do andar térreo. O nosso spa fica no sétimo andar e tem um excelente local privado para encontros de negócios." Penélope inclinou a cabeça sobre o ombro, em seu gesto que imitava aspas para a frase seguinte, e disse: "Negócios mais reservados..."

Penélope endireitou a cabeça. Hugo olhou para Irma, na esperança de que ela dissesse alguma coisa que o orientasse naquela situação absurda. Porém, Irma ficou calada.

"Vou cometer uma inconfidência", continuou Penélope. "O senhor Andrade reservou o spa inteiro para esse encontro. Ele é o dono do hotel."

"Não estamos num hotel. Isso aqui *era* um hotel. A senhorita mesma explicou quando eu cheguei."

"Com certeza. O senhor tem toda razão. Me desculpe. Mas o spa foi totalmente reformado, junto com os nove quartos. O senhor vai ver ver. É formidável. Quem sabe o senhor me acompanha até lá? O trajeto é um pouco complicado. Vamos?"

"Só se ela for junto", respondeu Hugo, apontando para Irma.

Penélope abriu mais o sorriso e, sem olhar para Irma, disse:

"É claro. Será um grande prazer. Eu mostro o caminho."

22

Sigo Penélope num corredor do Majestic. Ouço os passos de Irma logo atrás de mim. Entramos os três no elevador, e Penélope aperta o botão número 6. A subida é muito mais longa do que o esperado, parece não ter fim. Penélope, sem demonstrar qualquer surpresa, mantém seu sorriso padrão. A porta abre e saímos do elevador. Penélope mais uma vez toma a frente. Eu espero encontrar a qualquer momento o bar em que conversei com Petersen, mas isso não acontece. De repente, estamos atravessando um grande terraço, protegido por uma bela cúpula sobre um círculo de colunas duplas, que lembra o cenário da capa de um disco de vinil de rock que o meu pai ouvia bastante quando eu era criança.

Chegamos à outra ala do hotel, que está completamente vazia. Seguimos por um longo corredor sem aberturas, iluminado por lâmpadas muito fracas e amareladas. No final, há uma escada em caracol. Ela é larga e fácil de subir. Há janelas na parede da escada. No início, são bem pequenas, mas vão ficando cada vez maiores. No final, são tão grandes que já deixaram de ser janelas. Toda a escada está cercada por vidro e é possível vislumbrar a Rua da Praia, a Igreja das Dores, todo o cais, o Guaíba e a Usina do Gasômetro. O sol chega forte, quente, quase me cegando. As longas pernas de Penélope se oferecem ao meu olhar. Tento não prestar atenção. Sei que Irma me segue.

Finalmente a escada termina. Estamos numa sala de paredes brancas, com móveis em tom pastel e vários vasos com plantas. Uma típica recepção de spa; porém, deserta. Penélope olha para mim e aponta para uma porta. Desta vez, não se adianta. Olho para trás. Irma me encara, séria, e eu compreendo que devo seguir sozinho. Vou até a porta. Abro. Entro.

Vejo uma grande sala à minha frente, que termina numa parede inteiramente envidraçada. Lá fora, não está Porto Alegre, e sim uma imensa floresta de araucárias, que sobe e desce montanhas até o horizonte. Não vejo animal algum, mas percebo que os galhos das árvores mais próximas oscilam levemente. Penso que aquela abertura talvez não seja de vidro, e sim um telão de vídeo de altíssima resolução, que permite a quem está na sala escolher a paisagem mais adequada, ou a mais relaxante possível. Há duas macas de massagem no centro da sala, separadas por uns três metros. Numa delas, mais à direita, vejo o corpo de um homem nu, deitado de bruços, com a cabeça enfiada no buraco do suporte que dá mais conforto à pessoa massageada. A outra maca, à minha esquerda, está vazia.

Percebo que a bunda do homem é flácida, apesar do corpo magro. Vejo também em suas costas vários sinais escuros, típicos da velhice. Há poucos cabelos em sua cabeça, aparentemente concentrados nas têmporas. Não posso ver seu rosto, porém desconfio que o conheço. O silêncio é absoluto, de modo que, quando ouço sua voz, bastante grave e rouca, me surpreendo e me assusto:

"Tira a roupa e deita. Não tenho muito tempo."

Decido obedecer. Nada ali parece ser ameaçador. Tiro toda a roupa, deixando-a no chão, e deito de bruços, imitando o homem na outra maca. Olho para o chão, de uma madeira clara, muito limpa e brilhante. Nada acontece por algum tempo. Então ouço alguns ruídos, talvez vindos da outra maca. Tiro minha cabeça do buraco e olho para a direita.

O homem está deitado de lado, me encarando. Logo o reconheço. É o pianista em fim de carreira do meu sonho musical de duas noites atrás. Sou eu, com setenta anos de idade. Tenho certeza disso pelo pinto: menor do que eu gostaria, não circuncidado, um pouco torto. Ele me olha como se estivesse aborrecido e diz:

"Então, podemos começar? Já disse que não tenho muito tempo."

"Podemos", respondo.

"Então chama elas."
"Chamar quem?"
"As gurias que vieram contigo."
"Pra quê?"
"Vai chamar ou não? Quanto tu acha que custa essa sala? Tá pensando que eu sou o dono disso tudo?"
"Me disseram que sim."
"Tua ingenuidade é espantosa." O pianista senta na maca. O seu (meu) pinto balança tristemente.
"Se não chamar as gurias agora, vou embora."
Decido obedecer.
"Irma! Penélope!", chamo, em voz bem alta.

As duas entram imediatamente, empurrando pequenos carrinhos metálicos. Vestem uniformes brancos idênticos, bem justos nos corpos. Seus cabelos estão parcialmente presos em lenços brancos. Seus sapatos também são brancos. Penélope vai para o lado da maca do pianista, e Irma vem para a minha. Estacionam os carrinhos ao lado das macas e arrumam uma série de potes, de diferentes tamanhos, e alguns objetos brilhantes, que lembram os instrumentos de um cirurgião. Em nenhum momento olham para nossos corpos.

"Deita", ordena o pianista, já se virando de bruços.

Antes que eu enfie o rosto outra vez no buraco, ouço um som vindo da porta e olho naquela direção. Uma terceira garota, que não me é totalmente desconhecida, entra na sala, carregando uma estrutura metálica leve, com um metro e meio de altura e formato futurista, que é colocada perto do vidro (ou telão, ainda não sei direito), entre as duas macas. A garota, de pele muito pálida e cabelos descoloridos, está toda de preto, mas isso combina com a sala e até humaniza mais o ambiente. Faço um esforço para lembrar de onde conheço a garota, mas não consigo. Ela sai da sala e volta com um grande teclado musical, que encaixa na estrutura metálica. Sai outra vez e retorna com um pedestal, um microfone e uma pequena caixa amplificada. Instala todos os equipamentos com calma. Conecta o teclado e o microfone na caixa, e esta numa tomada elétrica sob a janela. Coloca o microfone no pedestal e ajusta-o à sua altura. Olha para a frente e faz um sinal de joinha para Penélope e Irma. Eu percebo que os preparativos acabaram. Coloco o rosto no buraco da maca.

Começo a ouvir uma base instrumental eletrônica, bem lenta e climática. A garota canta em inglês. Só então, pela bela voz, a reconheço: é Elke, a cantora que apareceu no ensaio do pianista. Já ouvi aquela canção antes. Tenho quase certeza de que ele encerra um dos episódios da terceira temporada de Twin Peaks (que eu amei, e Virgínia odiou). Sinto que uma pequena toalha é colocada sobre minha bunda. Um líquido tépido é espalhado nas minhas costas, e a massagem começa. É bastante vigorosa e, ao mesmo tempo, bem relaxante. As mãos de Irma são extraordinariamente macias, mas muito fortes. Não há sensualidade em seu toque. Fecho os olhos e fico curtindo a música. Sinto-me em paz. A voz do velho estraga o meu belo momento de tranquilidade:

"Quanto dinheiro tu ainda precisa pra fazer O Filho do Russo?"

Demoro pra responder. Penso em não responder. Não quero responder. Abro os olhos. O caderno azul foi colocado no chão, aberto, e vejo duas páginas em branco.

"Eu tenho uma proposta", diz o velho.

Continuo calado.

"A Irma me disse que tu tem vários argumentos interessantes para filmes, anotados nesse caderno azul. Eu confio nas avaliações estéticas dela, embora não confie em mais nada do que ela diz ou faz. Esquece O Filho do Russo. Escreve um outro roteiro. Se eu gostar, posso levantar o financiamento em pouco tempo."

"Eu nunca escrevi um roteiro sozinho."

"Eu sei. Mas a Irma acha que tu é capaz, se tiver coragem."

"Não é uma questão de coragem."

"A Irma acha que é."

Sinto que há um dedo apoiado sobre a minha nuca, fazendo uma pressão forte, porém não desagradável. A música termina. O velho continua:

"Talvez doa um pouco. Ou bastante. Depende da profundidade em que está o bicho."
"Bicho?"
Ouço a voz de Irma:
"Tu vai ter que me guiar. Ele vai fugir, talvez cavar mais fundo. Tu tem que ser rápido e me dizer onde ele tá. Desculpe. Não tem outro jeito." Sinto que o dedo alivia a pressão. "Mas é tu que decide. Vai ser bem desagradável."
Ouço o início de uma nova música, mais pesada e mais dramática que a anterior. Irma fala:
"E então, Hugo, qual é a tua decisão?"
Olho para as páginas em branco do caderno azul e digo:
"Vamos em frente."
O dedo de Irma, que, agora percebo, tem uma unha comprida e afiada, penetra minha nuca num movimento rápido e decidido, provocando uma dor lancinante que mistura pontadas, picadas e fisgadas internas. Sinto que alguma coisa, centímetros abaixo do dedo de Irma, se movimenta para a esquerda. Acho que posso desmaiar a qualquer momento, mas reúno forças para dizer:
"Ele foi pra esquerda."
O dedo de Irma segue minha orientação, dobrando para a esquerda e provocando uma nova sequência de dores absurdas. A música fica mais alta, e a cantora começa a repetir um verso sem parar:

Fragen Sie besser nicht nach der Zukunft

Eu sei o que isso significa, apesar de não saber uma palavra de alemão: "Melhor não perguntar ao futuro". O dedo de Irma quase toca na coisa que se mexe dentro da minha cabeça. A coisa tenta fugir cavando mais fundo. Irma, contudo, faz uma espécie de gancho com o dedo, detendo-a e puxando-a para cima num gesto brusco.
"Acabou", diz Irma, ofegante, como se tivesse feito um grande esforço físico.
Sei que vou apagar a qualquer instante, porém vejo o braço

de Irma entrando em meu campo de visão. Há alguma coisa em sua mão fechada. Ela abre os dedos sobre o caderno, deixando cair nas páginas em branco um besouro com antenas bem compridas. O braço de Irma desaparece. Penso que os pequenos fragmentos úmidos sobre o inseto devem ser pedaços do meu cérebro. O besouro-escorpião cruza lentamente o caderno, deixando um rastro avermelhado que só pode ser sangue. Finalmente apago.

23

Sempre foi difícil para Hugo avaliar se, no final das contas, sua intensa atividade onírica era algo bom ou ruim. Anotar os sonhos no caderno azul – tanto os mais prazerosos, quanto os mais doloridos – talvez tivesse começado como uma tentativa de contabilizar os prós (encontros eróticos e afins) e os contras (mortes violentas e demais calamidades). Nunca chegou a alguma conclusão além da óbvia: bons ou ruins, seja qual fosse a média aritmética, seus sonhos eram inevitáveis. Somente nos últimos tempos, quando da criação das personagens femininas do roteiro de O Russo, Hugo encontrou outro adjetivo, bem mais pragmático, para seus devaneios do inconsciente: eles podiam ser úteis.

Depois de estudar um pouco a linguagem cinematográfica, percebeu que tanto os filmes quanto os sonhos eram sequências de imagens e sons ligados por um nexo narrativo que tinha certa lógica, derivada da vida real, mas que adquiriam contornos mais interessantes ao ultrapassar essa lógica e surpreender o sonhador ou o espectador. Nos últimos tempos, ao anotar as tramas oníricas no caderno azul, em especial as mais longas, ele tinha a esperança de, um dia, costurar um enredo dramático a partir daqueles fragmentos emocionalmente tão díspares. Também achava que os prazeres e as dores tinham algum tipo de relação, mas não de causalidade direta, como acontece no cotidiano. Desconfiava que, se achasse a chave dessa relação, ele compreenderia melhor a si mesmo e seria capaz de imaginar e escrever um bom roteiro, que poderia chamar de seu.

Num dos poucos livros sobre cineastas que Hugo lera, espantou-se com um comentário de Federico Fellini sobre a origem de seus filmes, que era sempre noturna e surgia envolta numa nebulosa vaga e indefinida. Por isso, o mestre italiano hesitava antes de colocar o filme no papel, como se o roteiro e as palavras fossem incapazes de absorver certos significados, essencialmente visuais. Hugo identificou-se muito com essa ideia de Fellini e, a partir daí, percebeu que não estava tão sozinho no mundo do cinema. Embora nem sempre a noite fosse agradável, e ele continuasse morrendo de vez em quando nos pesadelos, passou a encarar a criatividade do seu inconsciente com mais leveza.

Naquele dia, contudo, a história maluca no spa do Majestic não surgira à noite, e sim pela manhã. Por isso, ao abrir os olhos, Hugo demorou algum tempo para compreender que o besouro--escorpião sobre o caderno azul era um personagem do sonho e que o dedo de Irma nunca penetrara em seu cérebro. Estava na cama de seu quarto, com as roupas que vestira para a reunião com a produtora italiana, mas sem os sapatos. Havia muita luz lá fora. Devia passar muito do meio-dia. Ouviu um barulho no banheiro. Irma abriu a porta e olhou para ele.

"Que horas são?", perguntou Hugo.

"Quase três. Tu dormiu mais de uma hora."

"Não lembro de ter deitado."

"Tu ficou tonto, te apoiou em mim, e eu consegui te trazer até a cama. Disse que precisava descansar. Dormiu logo depois. Deve ser efeito das pílulas que tu tomou. Elas são eficientes, mas provocam um certo torpor por vários dias."

"Tive um sonho. Tu tava nele. Quer saber como foi?"

"Depois. Preciso te contar uma coisa. É bem urgente."

"O que foi?"

"O Petersen ligou de Nova Petrópolis enquanto tu dormia. Disse que o Reynolds também já está na cidade e vai acertar a coprodução de O Filho do Russo com a tua esposa. Petersen falou num acordo que tu fez com ele, envolvendo a Santor Filmes e a empresa do americano, que deve botar muito dinheiro. E que eu devo participar na produção. Isso é verdade?"

Hugo lembrava de um acordo, mas não sabia se tinha sonhado com ele, ou se era real.

"Talvez eu tenha combinado alguma coisa", respondeu Hugo.
"Combinou o quê? É importante. A tua esposa tem poder pra assinar contratos sozinha?"
"Acho que não. Mas ela nunca faria um acordo sem me consultar. Eu escrevi o roteiro e sou o diretor."
"Tem certeza?"
Hugo permaneceu calado. O celular, no bolso da sua calça, começou a tocar. Hugo olhou para o visor.
"É uma chamada de vídeo da Virgínia. O que eu faço?"
"Atende. É óbvio que vocês precisam conversar."
Irma saiu do quarto tão rápido que Hugo não conseguiu protestar. Apertou o botão verde para aceitar a chamada. O rosto de Virgínia surgiu na tela, sorridente. Estava com o cabelo preso num coque elegante e usava uma maquiagem um pouco pesada demais para o meio da tarde. Quando a câmera na mão direita de Virgínia inclinou-se um pouco, revelou que, na esquerda, ela segurava uma taça de espumante.
"Oi, querido. Como vai?"
"Tudo bem."
"Parabéns!"
"Por quê?"
"'Pelo sucesso no encontro. Temos financiamento para O Filho do Russo. Mês que vem vamos pra Los Angeles negociar a produção! Olha quem tá aqui."
Virgínia começou a mover a câmera pela sala. No sofá bege perto da janela, Cléber, o assistente de direção de O Russo, e Maralúcia, sua namorada eventual, acenaram para Hugo.
"Fala, meu diretor!", disse Cléber. "Mandou bem por aí, chefia!"
"Uhuh!", completou Maralúcia, que também segurava uma bebida.
Enquanto a câmera se afastava do sofá, Hugo ouviu a voz da esposa:
"E agora, uma grande surpresa..."
O travelling, executado sem qualquer preocupação estética

por Virgínia, fez uma curva fechada para a direita e enquadrou Jean-Paul, encostado no balcão do pequeno bar no fundo da sala. O francês também segurava uma taça.

"Comment vas-tu, mon ami?", disse ele. "J'ai voyagé à São Paulo pour vendre une série et je n'ai pas pu résister à la tentation de leur rendre visite. C'est dommage que tu n'étais pas là."

A câmera voltou a mostrar a face de Virgínia.

"Tu entendeu, Hugo? Ele tava em São Paulo e resolveu nos visitar. Pena que chegou logo depois que tu foi pra Porto Alegre."

A presença de Jean-Paul provocou um instantâneo mal-estar em Hugo. A única coisa que os unia na vida era a admiração por Quadrilha de Sádicos. E Hugo já começava a pensar que nem gostava tanto assim daquele filme.

"Ele já vai embora amanhã de manhã, Hugo", lembrou Virgínia, fora de quadro.

"Désolé", emendou Jean-Paul, com uma cara supostamente triste.

"É bem possível que o Jean-Paul consiga uma locação incrível em Saint-Tropez pro nosso filme. Um amigo dele tem uma casa lá. E um veleiro!"

Antes que Hugo conseguisse perguntar como o filho do Russo iria parar num veleiro em Saint-Tropez, a câmera mostrou um homem sentado na poltrona verde-escura, a preferida de Hugo quando ele ficava na sala para ver tevê. O homem usava uma calça preta e uma camisa de listras finas azuis e brancas, com um logotipo da Ralph Laurent. Hugo tinha uma camisa igual. O homem ergueu a taça que segurava na mão e fez um brinde na direção da câmera. Só então Hugo percebeu que esse homem era Petersen. Seu cabelo tinha um corte quase igual ao de Hugo e o produtor parecia uma dezena de anos mais jovem que nos dias anteriores, quando ambos estavam no Majestic.

"Meu amigo, as coisas estão andando muito bem. O Reynolds se atrasou um pouco. Foi ver uma fazenda no interior de Gramado e teve um problema com o carro, mas chega no final da tarde. Adorei a tua esposa. Ela é muito objetiva. Sabe o que quer.

Sabe *exatamente* o que quer. Acho que ela vai esfolar o Reynolds e conseguir ainda mais grana."
 Hugo ouviu a voz de Virgínia.
 "Eu não vou esfolar ninguém!"
 A câmera fez um giro de cento e oitenta graus e enquadrou outra vez o rosto de Virgínia.
 "O Petersen estacionou o carro meio longe e pegou uma chuva forte vindo pra cá. Chegou tão ensopado que teve que tomar um banho. Eu emprestei umas roupas tuas pra ele. Tu não te importa, né?" Sem dar tempo para Hugo responder, continuou: "O Petersen me contou sobre a picada do besouro, e como as pílulas dele te salvaram. Que loucura! Mas agora tu tá bem, né?"
 "Mais ou menos", disse Hugo. "Dormi um pouco de tarde e ainda tô me sentindo fraco. Acho que perdi o horário do ônibus da volta."
 "Nem te preocupa. Fica descansando aí. Quando estiver melhor, chama um Uber. Ou então dorme essa noite em Porto Alegre e volta amanhã. Esse teu quarto parece bem confortável." Virgínia fez uma pausa para tomar um gole do espumante. "O Petersen quer assinar um acordo de intenções com esse Reynolds assim que ele chegar, pra garantir a grana do filme. Parece que, se não fizermos o pré-contrato agora, ele não consegue a grana neste ano."
 "Mas tu não precisa que eu assine também?"
 "Não, querido. Eu tenho a procuração. Nem te preocupa. É só burocracia. E prometo ler todas as letras miudinhas antes de ficar bêbada."
 Hugo ouviu, ao fundo, o som da campainha da porta de sua casa.
 "Deve ser o americano. Vou desligar. Descansa. Depois te conto tudo."
 Virgínia desligou. Hugo ficou alguns segundos olhando para os ícones da tela do celular. Nenhum deles apontava para qualquer ação minimamente útil. Levantou-se, foi até a porta do quarto e abriu-a. Irma estava encostada na parede do corredor, com a fisionomia bem séria.

"Terminou", disse Hugo.
Irma voltou para o quarto. Vestia uma calça de couro, camiseta preta e botas de cano alto. Seu cabelo estava preso num rabo de cavalo. Não era o que ela vestia quando saiu do quarto, minutos antes.
"E então?", perguntou Irma.
"A Virgínia vai assinar algum tipo de pré-contrato com o Petersen e o Reynolds."
"Ela não precisa da tua assinatura?"
"Não."
"O americano já tá lá?"
"Não. Vai chegar no final da tarde."
"Eu já vi isso acontecer antes, Hugo. Tu vai perder completamente a autonomia sobre o filme. O dinheiro compra tudo." Irma olhou rapidamente para seu relógio de pulso. "Tu tem que chegar lá antes do Reynolds."
"Como? Perdi o ônibus. Até chamar um Uber que aceite a viagem…"
"Se tu quer salvar teu filme, vem comigo", ordenou Irma. E imediatamente caminhou em direção à porta. Hugo pegou sua mochila e a seguiu.

24

Assim que chegaram à recepção do Majestic, Irma fez um gesto com a mão espalmada para que Hugo esperasse e conversou com Penélope no balcão. Em menos de um minuto, o chekout estava concluído. Enquanto Hugo assinava um documento no espaço indicado por Penélope, ela disse:

"Foi uma honra tê-lo com hóspede, senhor Drummond. Espero ver seu próximo filme em breve."

O jovem canelense terminou de assinar e olhou para Penélope, que mostrou suas fileiras de dentes perfeitos, inclinou a cabeça para o lado e perguntou:

"Gostou do nosso spa?"

Com sua mão segurando com firmeza o cotovelo de Hugo, Irma disse: "Temos que nos apressar", e arrastou o rapaz na direção da porta de saída.

Penélope ainda acenou para Hugo, simpática e profissional, mas ele nem viu o gesto de despedida. Assim que cruzou a grande porta de vidro, chegando na alameda que separava as duas alas do hotel, Hugo viu a moto. Imediatamente tentou determinar sua marca e modelo, já que, antes de casar com Virgínia, era um entusiasmado motoqueiro. Porém, foi tudo rápido demais para permitir uma identificação segura. Pôde apenas verificar que era uma grande motocicleta de estrada, toda preta, com uma roda traseira bem larga e o guidão baixo.

Havia dois capacetes pendurados por uma corrente metálica na lateral do veículo. Irma entregou um dos capacetes para Hugo e subiu na moto, ao mesmo tempo em que colocava o outro. Hugo ficou parado, com o capacete na mão, como se não entendesse o que estava acontecendo. Irma deu a partida. O barulho do motor era impressionantemente alto. Irma acelerou, fazendo as explosões nas câmaras de combustão ecoarem várias vezes nas paredes do Majestic, e virou o rosto na direção de Hugo, que finalmente se mexeu, colocando o capacete, que se ajustou com perfeição à sua cabeça. Depois de verificar se a mochila estava bem presa nas costas e prender o tirante do peito, Hugo subiu na moto.

Nem bem se sentara, e Irma já estava percorrendo a alameda do Majestic. Hugo levou os braços para trás, buscando um apoio para as mãos. Porém, assim que abandonaram o hotel, entraram na Rua da Praia e Irma acelerou, Hugo percebeu que não conseguiria equilibrar-se daquela maneira. Teve que se inclinar para a frente e, sem outra opção, abraçar Irma pelas costas, juntando as mãos sobre a sua cintura. Os paralelepípedos estavam brilhando sob as rodas possantes da moto, e Hugo percebeu que praticamente todas as pessoas olhavam para eles quando a moto passava. A cena tinha todos os elementos de um sonho de muito tempo atrás, que Hugo esquecera de anotar no caderno azul e agora invadia sua memória. Mas não era um sonho.

Irma dirigia o mais rápido possível, com segurança e perícia, de modo que Hugo não temeu um acidente. Fizeram o mesmo trajeto que Hugo percorrera a pé para chegar no Majestic, dois dias atrás, mas no sentido contrário. Ao chegar na Praça da Alfândega, Irma virou à esquerda na rua Caldas Jr., e dali alcançaram a Siqueira Campos. Na primeira curva em velocidade mais alta, contornando o Mercado Público, Hugo sentiu que, para manter a segurança da trajetória, teria que acompanhar a inclinação do corpo de Irma, o que não era tão difícil devido à sua antiga experiência como piloto. Na avenida Júlio de Castilhos, Irma ziguezagueou entre ônibus e carros até alcançar o elevado que levava à Freeway, deixando para trás a rodoviária. Na grande reta, Irma acelerou de verdade. Mesmo sem ver o velocímetro, Hugo sabia que estavam voando.

A distância entre Porto Alegre e Nova Petrópolis é de noventa quilômetros, ou um pouco menos. O ônibus que trouxera Hugo levou uma hora e quarenta minutos para vencê-la, pois a estrada, quando começa a descer a serra, tem muitas curvas fechadas e longos trechos em que é impossível ultrapassar. Hugo conhecia o caminho e já o experimentara dirigindo uma moto em ritmo de passeio de final de semana. Irma, contudo, atacava as curvas, com pilotagem agressiva de uma profissional, inclinando muito a moto e retomando a velocidade nas retas sem perder um segundo sequer. Hugo desistiu de olhar para a frente. Grudou ainda mais seu corpo ao de Irma e tentou acompanhar as inclinações nas curvas como se os dois formassem um só organismo.

Quando atingiram a altura de Morro Reuter, o sol se aproximava do horizonte, e as paineiras à beira da estrada ficaram douradas. No acesso a Picada Café, Hugo lembrou-se do escrivão da delegacia de Gramado, morador desse pequeno município, que emprestara um capacete para Virgínia na noite que levou à formação do casal. Os últimos quilômetros antes da chegada a Nova Petrópolis foram vencidos a mais de cem por hora, praticamente sem redução de velocidade, e, numa curva particularmente fechada, Hugo percebeu que entregara sua vida a uma desconhecida. Um único vacilo de Irma jogaria a moto num precipício, e a morte chegaria para ambos. Morte real. Não a morte de sonho com que Hugo já estava acostumado.

No entanto, chegaram incólumes em Nova Petrópolis, exatamente no instante em que as luminárias públicas começavam a se acender na praça principal. Com indicações curtas, que foram berradas para que Irma as escutasse sem tirar o capacete, Hugo os guiou até a sua casa.

25

A residência da mais famosa cidadã de Nova Petrópolis (desde o sucesso de O Russo, Virgínia superara com grande folga o bispo católico Dom Dadeus Grings, comandante da Arquidiocese de Porto Alegre por vários anos) ficava no fim de uma ladeira íngreme, nos limites de uma pequena mata nativa. A rua não tinha saída, o que Virgínia achava bem conveniente, pois o trânsito escasso nunca incomodava seu sono, quase sempre livre de sonhos. A moto subiu a ladeira devagar, e mesmo assim Hugo tinha certeza de que o ronco do motor chamaria atenção de qualquer pessoa nas casas próximas. Não foi o que aconteceu.

Primeiro avistou a grande caminhonete japonesa dos pais de Virgínia, estacionada em frente à garagem. Depois viu, de pé, encostado na caminhonete, Jeová dos Santos Silva, o motorista do Dr. Hoffmeister. Ele tinha nas mãos um livro de formato grande e capa dura, que lia aproveitando as derradeiras luzes do crepúsculo. Quando a moto passou, Jeová parou a leitura e acompanhou atentamente as manobras de Irma para estacionar no final da rua, de modo que o veículo e seus ocupantes não fossem vistos da casa. Estava alerta. Hugo desceu da moto, tirou o capacete, entregou-o para Irma e caminhou até o motorista.

"Boa noite, Jeová", disse Hugo.

"Boa noite, senhor Drummond."

"Esse livro é bom?"

Jeová mostrou a capa: era a edição encadernada de Sandman, volume 1.

"Comprei esse gibizão usado, de barbada, pela internet. Muito bom!"

"Já leu a história que se passa no inferno?"

O caderno dos sonhos de Hugo Drummond

Jeová abriu um grande sorriso e respondeu:
"Acabo de ler. Sensacional! A maneira como o Sonho vence o jogo com o demônio é incrível." Fez uma pausa e sussurrou com certa dramaticidade. "Eu sou a esperança..." Jeová sorriu outra vez. "Frase meio fora de moda, né?"
"Mas ainda poderosa."
"Graças a Deus." Jeová apontou para a moto. "Aquela moto também parece ser poderosa."
"E é. Pertence a uma amiga, que me deu carona."
"Subiu a serra com ela?"
"Subi."
"Tem que ter coragem."
"Pois é. Os meus sogros estão lá dentro?"
"Estão. Trouxe eles há meia hora. A festa tá animada."

Só então Hugo olhou com atenção para a grande janela da sala, a maior ousadia do arquiteto e que custara bem mais que um curta-metragem. Normalmente as persianas motorizadas ficavam fechadas, mas Virgínia devia tê-las aberto para que os convidados apreciassem o sol poente iluminando as árvores da mata, que incluíam algumas araucárias bem altas. Sempre era um belo espetáculo.

A janela simulava uma tela de cinema, pois a fachada já estava bem escura, enquanto os personagens moviam-se por um espaço bem iluminado e retangular. Hugo não tentou esconder-se. Se alguém lá dentro olhasse atentamente para fora, veria o dono da casa parado ao lado de Jeová. Porém, a bebida era abundante e todos estavam se divertindo uns com os outros. Hugo fez uma lenta panorâmica da esquerda para a direita, que é o sentido mais tradicional (pelo menos no Ocidente) de ler palavras e interpretar imagens.

Os pais de Virgínia, com certeza os participantes mais idosos da festa, conversavam com duas pessoas que, a princípio, estavam encobertas. Um garçom, equilibrando uma bandeja com taças de espumante, ofereceu as bebidas para o grupo, e os Hoffmeister deslocaram-se um pouco para o lado, desvelando seus interlocutores. Eram o professor Jenkins e sua jovem esposa Ingrid. Para que eles estivessem ali, vindos de Gramado, o convite tinha que ter chegado no começo da tarde. A festa foi programada com certa antecedência, pensou Hugo. Virgínia conversava com Jean-Paul e os dois riam de alguma coisa engraçadíssima. No centro da sala, Cleber e Maralúcia dançavam sozinhos, ao som de alguma música em que apenas eles prestavam atenção. Ou estavam suficientemente bêbados para dançar sem música alguma. Bem à direita, sentado na poltrona verde, estava Petersen, vestindo as roupas de Hugo e falando ao celular (provavelmente com Reynolds, que ainda não chegara, conjecturou Hugo). O produtor colocou o celular no bolso, levantou-se e caminhou, com uma taça na mão direita, na direção de Virgínia e Jean-Paul.

Só então Hugo notou que Petersen não usava apenas suas roupas. Além do corte idêntico de cabelo, que tinha o mesmo tom castanho do de Hugo, caminhava com o mesmo cuidado do jovem canelense entre as mesinhas baixas cheias de vasos e outras decorações frágeis (e caras) que Virgínia odiava ver espatifadas no chão pelos gestos descuidados do marido. O rosto de Petersen, pelo menos visto daquela distância, não era o mesmo que Hugo conhecera no Majestic. O rosto de Petersen era... o rosto de Hugo. Talvez não exatamente o de Hugo, mas, enquadrado daquele jeito, em plano geral, poderia ser perfeitamente confundido com o de Hugo.

Assim, Hugo viu a si mesmo chegar nas proximidades de Virgínia e Jean-Paul e contar alguma coisa que fez sua esposa e o francês pararem de rir e prestarem muita atenção. Aquele Hugo falou por mais alguns segundos e depois ergueu sua taça, chamando um brinde. Virgínia e Jean-Paul olharam-se, de um modo que poderia ser romântico ou não, aí depende do resto do filme e da interpretação do espectador, e os três uniram as taças. Nesse exato instante, Virgínia virou o rosto na direção da janela e olhou para fora, direto para Hugo, ou pelo menos foi o que Hugo pensou, pois havia uma inequívoca linha reta entre os dois rostos. O encontro dos olhares foi muito longo, uns cinco segundos, o que pode parecer pouco na vida real, mas é uma eternidade nos filmes e duas eternidades nos sonhos. Então Virgínia girou o corpo na direção oposta e caminhou para dentro da casa, abandonando o campo de visão de Hugo.

Ela poderia, quem sabe, estar se dirigindo para a porta de saída, onde, sorridente, receberia Hugo e, de braços dados com ele, o introduziria na festa como o grande herói do evento de produção cinematográfica no Majestic. Uma cena alegre e movimentada. No entanto, Hugo sabia que não era esse o roteiro. Virgínia não saiu da casa, nem voltou para a sala. Virgínia apenas sumiu do filme.

Hugo virou-se para Jeová, que abandonara as aventuras de Sandman por não haver luz suficiente para a leitura, e perguntou:

"Lembra daquele golpe que tu aplicou no playboy de Gramado que andava num Camaro amarelo?"

"Lembro bem", respondeu Jeová, sorrindo.

"É um golpe de capoeira?"

"Sim, senhor. Mas na capoeira a gente só faz de conta que dá o golpe. E ali eu mirei e estendi a perna até o fim."

"Uma hora dessas, tu me ensina como é?"

"Claro. Com o maior prazer."

"É um movimento muito cinematográfico. Tô pensando em usar em algum filme. Talvez tu possa trabalhar nele."

"Bah... Seria genial."

"Boa noite, Jeová."

"Boa noite, senhor Drummond."

Hugo caminhou até a moto. Irma estava sentada no meio-fio, sem capacete.

"Veio se despedir? Tava demorando mesmo. Eu..."

"Não", cortou Hugo. "Eu quero continuar."

Irma ficou confusa.

"Continuar? Pra onde?"

"Em frente. Seguindo a mesma estrada." Fez uma pequena pausa. "Eu quase disse 'Sem destino', mas a tua moto não tem nada a ver com as motos do filme."

Irma pensou por algum tempo e depois entregou o capacete para Hugo.

"Tudo bem. Mas tem uma condição", disse Irma.
"O quê?"
"Agora tu vai dirigindo."
"Nessa moto? Desse tamanho? Nem pensar."
"É pegar ou largar."
Irma colocou o capacete e sentou-se na parte traseira do banco. Hugo surpreendeu a si mesmo e, sem qualquer hesitação, sentou na parte dianteira, enfiou o capacete na cabeça, deu a partida e observou os inúmeros mostradores que se iluminavam à sua frente. Não sabia para que serviam. Mas, ao inclinar-se para segurar o guidão, sentiu que os comandos básicos nos pés e nas mãos não eram tão diferentes assim. No final das contas, havia um acelerador, um câmbio e um freio, como na sua velha Honda. Perguntou apenas onde ficava o botão dos faróis. Arrancou bem devagar, sentindo o peso da moto na ladeira e a resposta segura do freio. Jeová acenou para ele, mas Hugo nem pensou em levantar as mãos. Irma acenou para Jeová, como se compreendesse a situação.

No final da ladeira, Hugo teve que contornar uma praça. Uma curva à direita e duas à esquerda, em marcha lenta, mas já inclinando um pouco a moto e sentindo que Irma o acompanhava com seu corpo. Chegaram ao acesso à grande avenida – em linha reta e com duas pistas – que corta Nova Petrópolis. Hugo acelerou um pouco mais. O motor, contudo, parecia irritado com a lentidão e, em vez de rugir, engasgava.

A cidade foi ficando para trás e, finalmente, Hugo encontrou a estrada livre à sua frente. Foi aumentando a velocidade aos poucos. Já era noite fechada, e a lua, apesar de cheia, não ajudava muito, ainda baixa e encoberta pelas árvores. O farol era potente. No entanto, Hugo sabia que sua falta de experiência poderia ser fatal. Então resolveu relaxar e não deixar o velocímetro passar de sessenta quilômetros por hora.

Seguiu fiel à sua decisão até passar o pórtico de Gramado, meia hora depois. A lua, já mais alta, espalhava um brilho muito bonito na reta em frente, e não havia uma única alma nas proximidades. Hugo girou o acelerador com força, e a moto deu um pulo. Em poucos segundos, estava engolindo o asfalto. Até aquele momento, Irma permanecera com as mãos ao lado do corpo. Quando atingiram cento e quarenta por hora, porém, inclinou-se à frente, abraçou as costas de Hugo e uniu as mãos sobre a cintura do piloto. Ao sentir o corpo de Irma grudado ao seu, Hugo pensou que aquilo tudo poderia ser um sonho, ou um pesadelo, dependendo da sua habilidade para evitar um desastre, com a moto desgovernada, em chamas, caindo num barranco e dois corpos destroçados no acostamento, depois de bater nas pedras e nas árvores, estendidos num mar de sangue e vísceras.

A imaginação do jovem canelense, como sempre, gerava imagens muito vívidas, o que provocou uma imediata desaceleração da moto e a volta aos sessenta por hora. Irma, contudo, permaneceu com as mãos na cintura de Hugo. Agora era um sonho bacana, pensou Hugo. Ultrapassaram o centro de Gramado e seguiram em frente até Canela. Contornaram a Catedral de Pedra e subiram a longa ladeira até as ruínas do Cassino. Dali, entraram numa estrada de terra cheia de poças d'água. A moto agora estava tão lenta que Hugo temeu perder o equilíbrio. Mas logo surgiu seu pequeno chalé de madeira, e ele estendeu a perna para sustentar a moto parada, enquanto Irma descia e o ajudava a acionar o sistema que a mantinha de pé.

Entraram e fecharam a porta. Um cachorro latiu, e depois veio o silêncio. No início da madrugada, a temperatura caiu violentamente. Às três da manhã, o Russo apareceu, melífluo e sorrateiro como sempre. A névoa baixa passou ao lado da moto e, chegando à casa, circundou-a por três vezes, como se procurasse uma abertura para entrar e cumprir seu papel. Mas não havia por onde entrar, e o Russo foi embora.

No fogãozinho, ainda restava alguma madeira em brasa para aquecer o pequeno chalé. O caderno azul estava aberto sobre a mesa de cabeceira da cama. Irma ressonava serenamente. Hugo também dormia.

Porto Alegre, abril a setembro de 2021

www.diadorimeditora.com.br

Facebook.com/diadorimeditora

@diadorimeditora

Impresso em outubro de 2021
nos cinco anos da Diadorim Editora
Fontes
Filosofia
Lato